母はもう春を理解できない

認知症という旅の物語

haru no sora

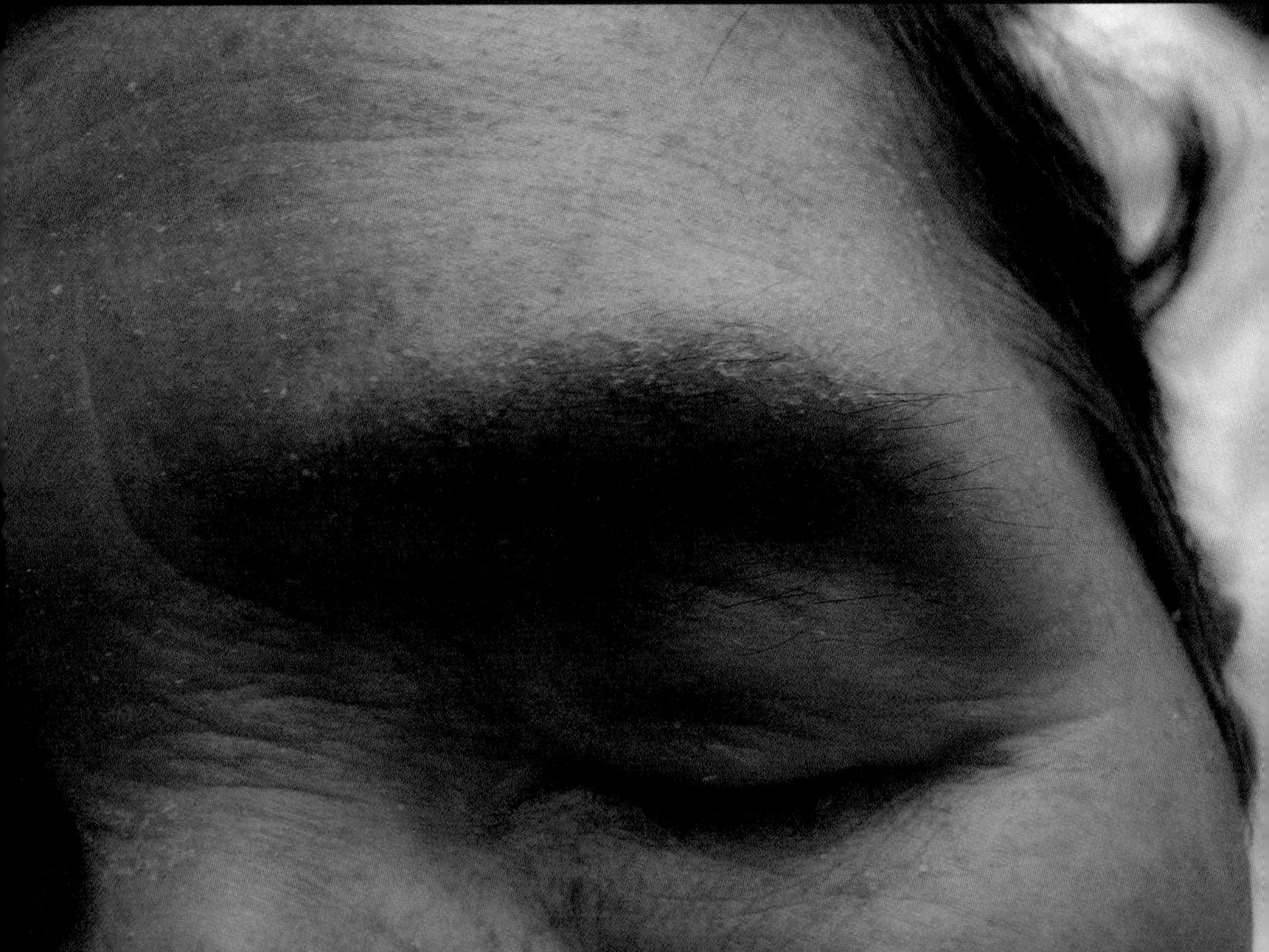

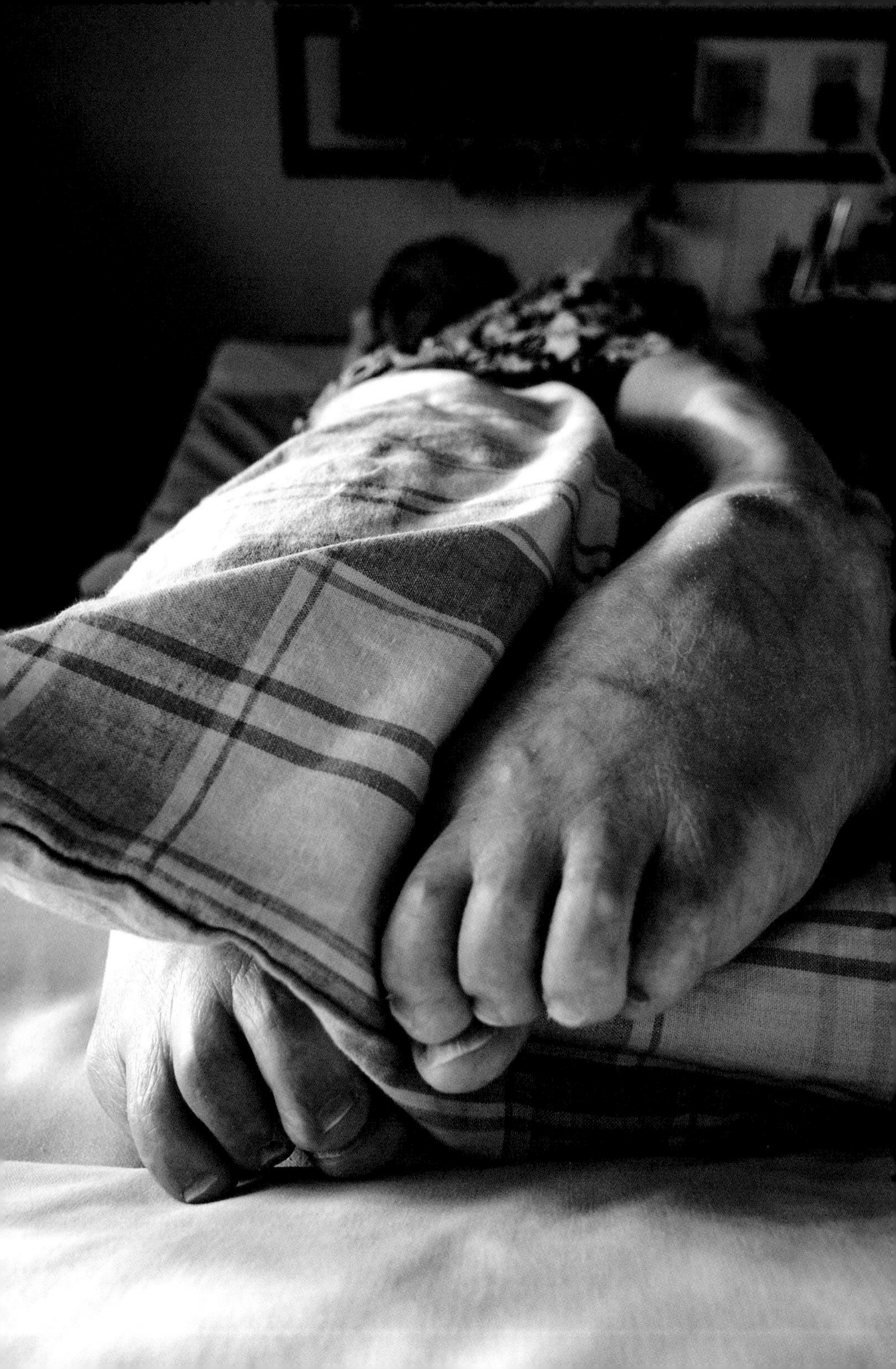

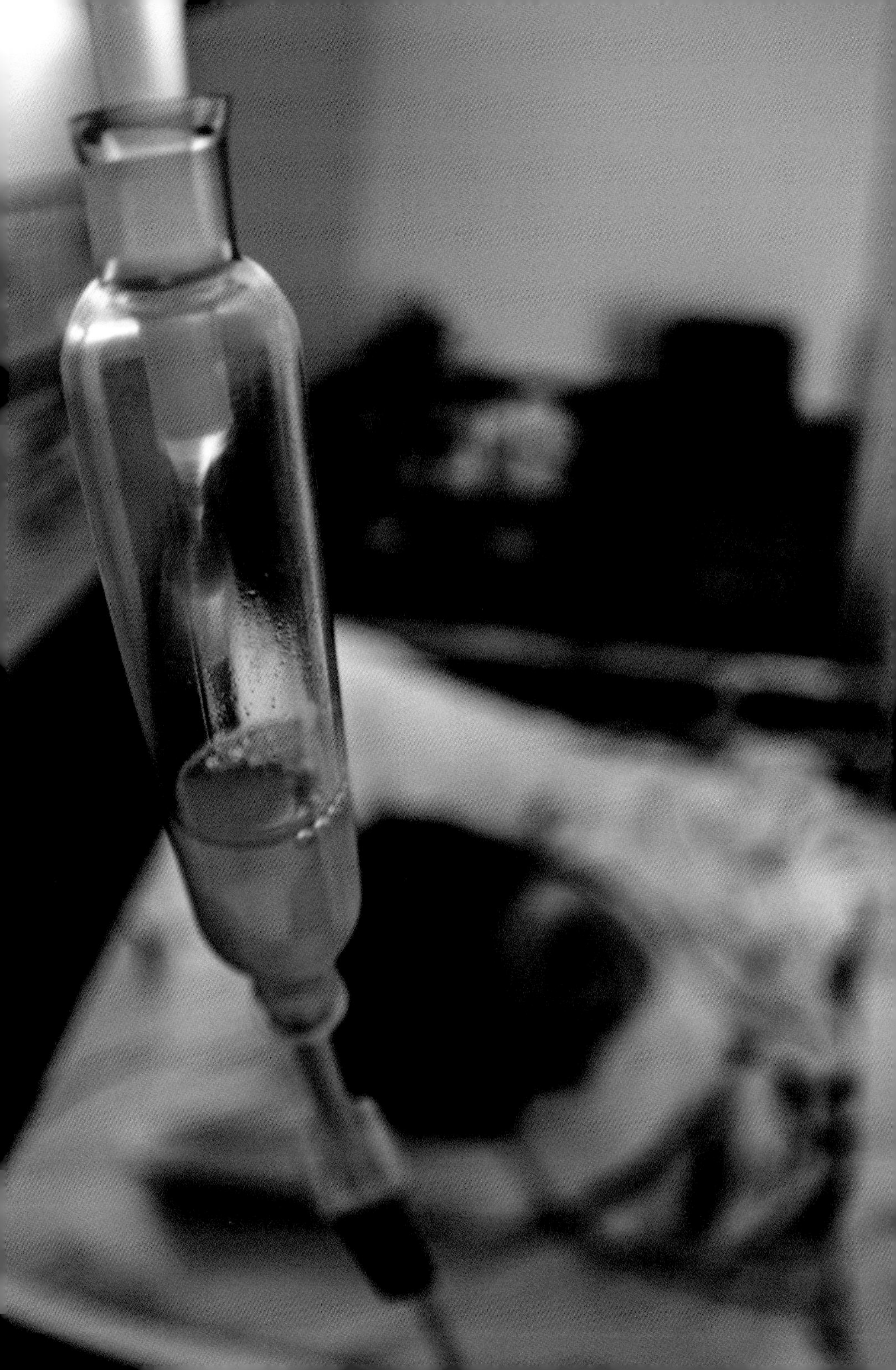

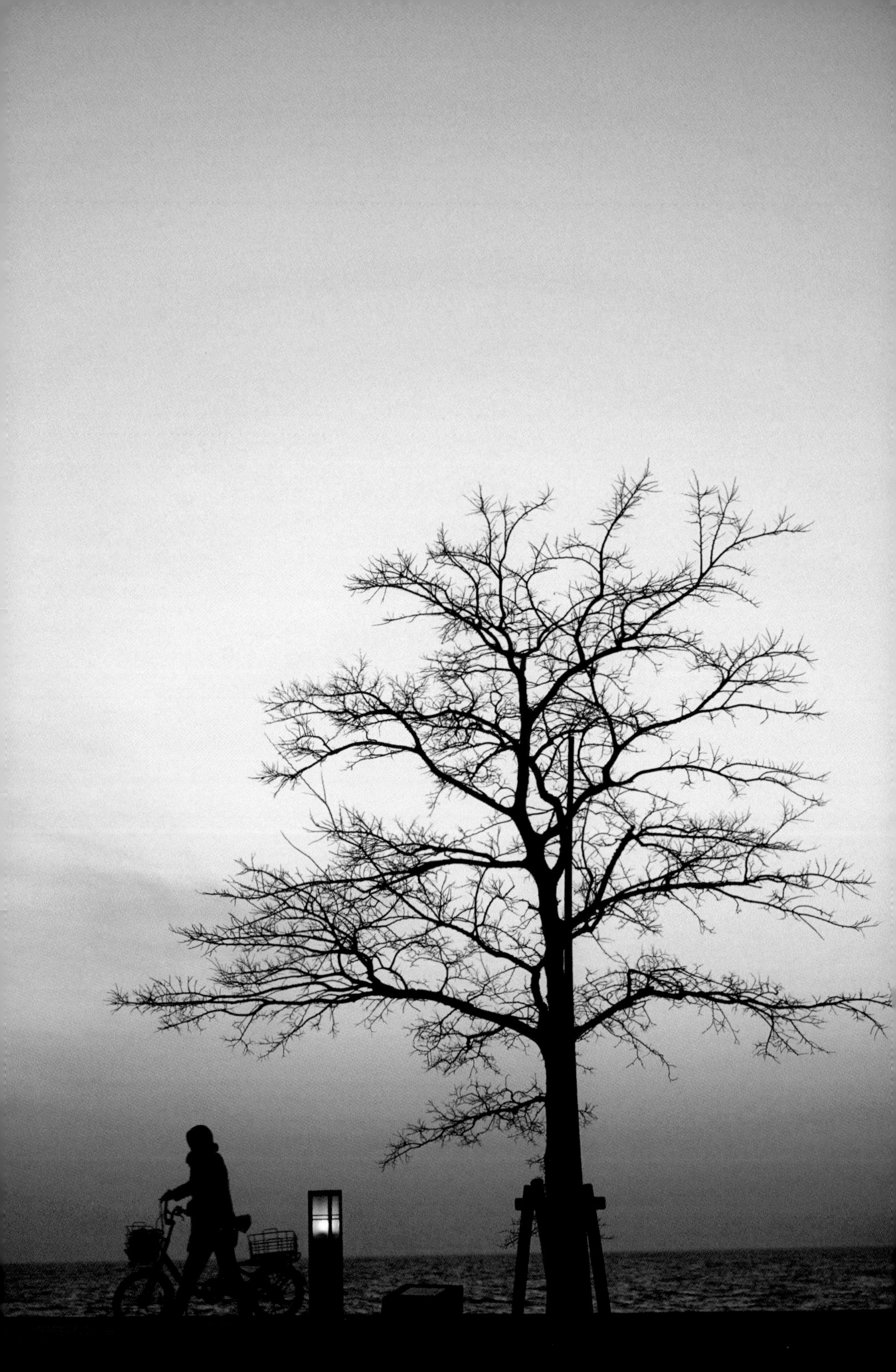

認知症の母の内側で
波のように行き戻りした
カイロスの時間の豊かさよ！
クロノスの時間が嫉妬しながら
川の流れのように
私の肌に触れては消えていく

まえがき

私はこの本の中で、認知症の母のことやその母を支えた父や私自身のことを書いていきます。

母が認知症の診断を受けたのは、私がまだ大学を卒業し就職したばかりの頃でした。今思うと、突然の事態に混乱してしまい、冷静に判断したり、行動したりすることなどできませんでした。母の命に向き合う日々の中で、私はいろいろな思いを抱え、いろいろな感情に出会い、いつもいつも迷い、医療的な判断をも迫られました。介護を今経験している方にとっては、同じように悩み、苦しんでいる者がいることに共感していただけるのではないでしょうか。

読者の方には、私たち家族の物語を読み進めながら自分自身に問いを投げかけてもらいたいと思うのです。自分の親だったらどうするだろうか？　自分の連れ合いだったらどうするだろうか？　自分の子どもだったらどうするだろうか？　自分だったらどうしてほしいか？

これらの問いは、自分自身や人生を見つめ直すよいきっかけになるはずです。また、医療・介護関係の仕事に就いている方にとっては、医療やケアの質についてあらためて考えるヒントになるかもしれません。さらに、介護や認知症とは無関係と思っている若い方にとっても、超高齢社会を生き抜く心づもりにもなるかもしれません。

すべての人の延長線上に老いは必ず存在します。この本が、老いをどうとらえ、どう自分の人生と重ね合わせていくかを考える一助になれば幸甚です。

著者

contents

写真●藤川幸之助

1

母の不安

母の不安

母の変調

父と母は、熊本の片田舎の小さな町で呉服屋を営んでいた。呉服屋といっても名ばかりで、セーターやシャツ、下着、帽子に至るまで衣料品全般を売る店だった。教師を続けたかった父は不承不承《ふしょうぶしょう》家業の呉服屋を継ぎ、「商売は俺には向いていない」といつも言っていた。小さな店でも、母の商品の見立てと明るい接客でそれなりに繁盛していた。母は、とてもきれい好きで几帳面な性格だった。そのためか、私も兄もとても厳しくしつけられた。約束したことができないと許してもらえなかった。子どもだけでなく自分に対しても厳しい母だったが、反面他人にとても気をつかう性格でもあった。

そんなしっかり者の母に少し変化がみられるようになった。私は熊本の実家を離れ、長崎に住んでいた。安否確認もかねて、毎日決まった時間に電話をかけると母が出て、まったく同じ話をして同じことを聞いてくるものだから、すぐに父に代わるように促した。父からは、母が同じことを何度も聞いてきたり、日記に毎日同じことばかり書いていたり、面倒くさがって料理を作る日が少なくなったり、物をなくすことが多くなったりと、その変わり様を聞かされた。

母はまだ60歳を超えたばかりの頃だったので、病気だなんて考えもしなかった。年のせいだと高をくくっていたが、食料品店に買い物に行った際に、母が棚に置いてある饅頭のパックを勝手に開けて食べ始めたことを父から聞いたとき、もしかしたら病気かもしれないと、不安のようなものが心を過ぎった。

手帳

母の手帳の存在に気づいたのは、父、母、兄、私の家族4人で話をしていたときのことだ。どんな話をしていたかは覚えていないが、母が何度も同じことを聞いてくるものだから、私たちはうるさくなって、母を放ったらかしにして3人で話を進めていた。母が病気だなんて知るはずもなく。とにかく、自分の話を始めようとする母に私は苛立《いらだ》って、「自分の話ばかりすっとは、やめてくれんね」と冷たく言い放った。そんな母を邪魔者にして、3人の話は弾んだ。「ちょっとあんたは黙っときなさい」と父に言われ、「母ちゃん、ちょっと静かにして」と兄に言われ、「うるさかね」と私に叱られて、母は黙り込んでしまった。

話に夢中になっている間にふと気づくと、母がいなくなっていた。トイレにでも行ったのだろうと思ったが、あまりにも長いこと帰らないので、探してみると、三面鏡の前で何かを声に出して読んでいた。耳をそばだてると、母は何度も父の名前を唱え、頁をめくり、兄の名前、私の名前を繰り返していた。そして、最後に自分の名前と呼び名である「おかあさん」を何度も唱えて、ふと立ち上がり、振り返った。母の手には手帳が広げられて乗っていた。母は私に気づくと、慌ててカバンの中にその手帳を押し込んだ。記憶の中から消え去ろうとしている自分の連れ合いの名前や息子の名前を必死に覚え直し、自分の呼び名を忘れまいとし、また3人の話に入ろうとしていたのだ。

母は、3人のところに戻ってくるなり、いつもは「幸ちゃん」と呼ぶ私の名前を「藤川幸之助さん」と呼んだ。父と兄は驚いたが、私はさっきのこともあって、わざと「なあに？」と言ってあげた。その日、初めて母にとって成り立った会話であった。母は安心した顔をしていた。父と兄は不安そうな顔をしていた。私も心の中で、これは何かの間違いだと思っていた。

このことがあってから数日後、私は医師に母の病状を尋ねた。医師は、認知症の初期の頃は、自分の名前がわからなくなったり、家族の名前や顔がわからなくなったり、この世界がわからなくなったりすると言った。母にはその自覚があって、どんどん病気が進んでいるとのことだった。「おかあさん」という言葉や「藤川キヨ子」という名前を忘れていく自覚の中で、得体のしれない不安と母は戦っていた。忘却の恐怖もあったろう。家族や周りの者が自分を受け入れてくれない寂しさもあったろう。「同じことを何べんも言わんで」と叱る息子の冷たい言葉も悲しかったろう。その行き場のない気持ちを表す言葉さえも、日を追って失っていく。私は、意味のわからない会話にうなずくふりをしていた母のことを思い出した。そして、医師の前でいたたまれなくなり、涙をこぼした。

母が決して誰にも見せなかったあの手帳。黒い背張りの古い装幀の手帳である。それは隠すようにいつも母のバッグの底深く沈めてあった。母はそのバッグを肌身離さず持ち歩いた。枕元に置き、見張るように寝た。手帳には、父と兄と私の名前と誕生日、年齢、電話番号が、それぞれ見開きの頁に大きく書いてあった。それらの後には、自分の兄弟、姉妹や父の兄弟姉妹の名前がびっしりと並んでいて、その一つひとつの名前の後には、きちんと丁寧に「さん」と書かれていた。そして、手帳の最後には、「さん」が唯一ない自分自身の名前が、ふりがなを付けてどの名前よりも大きく書いてあった。そこには、上から何度も鉛筆でなぞった跡があった。母は、何度も何度も自分の名前を覚え直しながら、これが本当に自分の名前なんだろうかと、薄れゆく自分の記憶にほとほと嫌になっていたに違いない。母の名前の下には、鉛筆を拳で握って押しつけなければ付かないような黒い小さな点があった。その黒点は、2、3枚下の紙もへこませるぐらいくっきりと母の無念さを映し出して残っていた。あの黒い手帳が、今は静かに私の掌の上にある。

母の奇行

あるとき、目を離した隙に母がいなくなった。どこをどう捜せどもいない。橋から落ちて死んでいたらどうしようか、車にはねられていたらどうしようか、生きていてくれと、涙を流しながら一晩中探した。母は、亡くなった父と二人でよく行ったストアの脇のコンテナの裏に隠れるようにじっと座っていた。それ以降、うろうろとどこかへ行こうとする母をいつも制止した。「何で俺が忙しかときに限ってうろうろするとね。どこにも行くな！　うろうろすんな！」と。母の命を守るのも私の責任だと思った。

認知症の母の行動を止めさせることにやっきになっても、奇行はなくなるどころかずっと続いた。母のそれを奇行だと思い、やめさせることばかり考えていた私には、母の気持ちなんてみじんも感じることはできなかった。自分の楽しさや快適さのために母は邪魔者だったのである。

そんな私でも、だんだんと母が言葉を失っていくと、母が話をしていた頃が懐かしくなって、あの家族団らんのことを思い出すことが多くなった。なぜ母はあのとき、自分の話ばかりしていたのだろうか。なぜ同じ話ばかり繰り返したのだろうか。その問いの答えは簡単だった。「認知症だから」なのである。認知症だから自分の話を繰り返し、認知症だから同じ話ばかりする。今はもうすっかり言葉をなくし、ただベッドに横たわる母の顔が、家族団らんの中で何度も同じ話を繰り返し、私に叱られて悲しそうな母の顔と重なった。

そういえば、母はあの頃いつも私に言っていた。「どうも頭の調子が悪かとよね。わからんとよね。なんもかんも」と。団らんの中で、次から次に飛び交う3人の話についていけず、話の内容が理解できなくなっていき、その会話の中に入るには、母は自分の話をするほかなかったのだ。そのうえ、覚えている話は一つか二つなものだから、同じ話ばかり繰り返していたのだ。母の気持ちなど考えることもなく、また口を開けようとする母へ「うるさか。黙っとって、お母さん。そん話はさっき聞いた」と、私は言い続けた。母は叱られて眉間にしわを寄せて黙るのだが、父と兄と私が話に盛り上がって笑うと、内容がわからないのに一緒になって声をあげて笑った。楽しくもうれしくもないのに、家族の一員として団らんの中に入りたい一心で笑っていた母。その顔を思い浮かべ、その気持ちを考えると、今でもとても辛くなる。

心をたどる

行動の後ろで静かに隠れている母の心に耳を傾け、そこから伝わるかすかな波音に耳をすましてみる。その後ろに広大に広がっている心をたどっていくと、いつも母の不安にたどり着く。なぜあの頃よく徘徊していたのか。父と二人で行っていたストアの裏で母を見つけたことから考えれば容易に推測できるのだ。父が亡くなったばかりの頃で、その父を母は必死で探していたのだ。当時は、徘徊する母に手を焼き、止めさせることばかり考えていて、深くは思い至らなかった。それがわかっていれば、母と手をつないで「お父さんはどこに行ったんやろうね」と言いながら一緒に歩けば、徘徊になることもなく、母の不安も少しは晴れていたのではないかと思うのだ。奇行を止めさせることより、その行動の後ろに広がっている心の糸をたぐり、奇行といわれている行動を、母を深く知るための入り口にすることのほうが大事ではなかったろうか。そのたどり着いた先で、思いや不安をくみ取ってあげればよかったと後悔する。とても時間がかかりそうなやり口ではあるが、そのほうがどれほど早くその行動を止めさせることができたか。いや、奇行を止めさせることより、行動から読み解くことは、母を深く知るよい機会でもあり、母を安心させるよい機会ではなかったろうかと思うのである。目に見える行動というのは、心の一部の見え方なのである。

これは問題行動を繰り返す子どもを叱りつけて強引に止めさせても、問題行動は容易になくならないこととどこか似ている。目の前の問題を止めさせることに力を傾注しても、その根本である心をたどり、原因になっている場所に行きつかないと、結局その繰り返しに終わってしまう。深く知り、心に寄り添っていくことで、それは自然になくなることがある。わかろうとして自分の心に寄り添ってくれる者が一人でも側にいるということは、どれだけ心強くどれだけうれしいことか。これは認知症の母に向かい合うときととても似ているような気がするのだ。

一人でも側にいてくれたら

友人からこんな話を聞いた。同じ話ばかりする認知症のおばあちゃんがいた。家族団らんのその日も、もうすでに同じ話を5、6回していて、また話そうとしたとき、息子夫婦はそれを止めさせようとした。すると、孫が「ばあちゃん、もう1回聞かせてよ」と声をかけた。すると、おばあちゃんはうれしそうにして、また同じ話を最後まで丁寧にした。話を聞き終えた孫は、「ばあちゃんのお話は何度聞いても面白いね」と言った。そうしたらおばあちゃんがにっこりと笑って、それまで繰り返していた話をやめて、その後はにこにこ笑って、ずっと周りを見ながら座っていたそうなのだ。おばあちゃんはこのお孫さんがいてくれて、とても安心したのだと思う。

母は認知症が進む中、言葉を失い、この社会から離れていった。この広い世界に片言の言葉で向かい合っていかなければならなかった不安はいかばかりだったか。言いたいことや伝えたい思いをたくさん頭の中に抱えたまま、それを伝えられない自分とその自分を受け入れてくれない家族や社会に母はとまどっていたに違いないのだ。そんなとき私が「お母さんの話は何度聞いても面白かばい」とでも言って手を握ってあげていたら、悲しい笑顔を見ずにすんだかもしれない。笑顔あふれる母を見ることができたかもしれないのだ。

2

春はわかるか

春はわかるか

花見の日は

年中行事を大切にする父母だった。正月には門松を立て、七草がゆを母が作り、節分では父が鬼になり、春にはご馳走を持って花見に行き、夏には蛍狩りに行き、七夕飾りを作り、静かにお盆を迎え、十五夜には庭の見える縁側にススキと団子を飾り、年末の商売の忙しさの中で大晦日を迎えた。

中でも花見は特別な行事であった。なかなか店を休みたがらなかった父。私の運動会の日も午前中は店を開け、昼時に学校に来て少しばかり息子の様子を覗《のぞ》いたら、午後また店を開けていた。そんな父が、花見のときだけは違っていた。桜の開き具合を毎日気にして、天気予報を確認して花見の日を決め、親戚や友人を誘い、春浅い日々をソワソワしながら過ごした。当日は店を開けることなく、シャッターに「花見のため休業いたします」と張り紙をして、朝早くから母が用意した重箱の弁当を持って花見に出かけた。アルコールを一滴も飲まない父は、花見に行ったからといって酔っ払うわけでもなく、踊り出すわけでもなく、ただただ桜を見上げながら「ああ、今年もよくがんばった」と言って、弁当をつまんだ。

春に桜を見ると、戦争のことや戦争で亡くなった友のことを思い出すのだそうだ。そのときのことを思うと、この命が今も生き続けていることは本当にありがたいと言っていた。戦争で亡くなった命や戦争で殺した数多《あまた》の命への祈りのように静かに桜を見つめる父の瞳を今でも覚えている。そんな父の傍らに座り、母もまたうれしそうに桜を見つめていた。こんな春をいくつも重ねながら父と母は暮らしてきた。父が心臓の手術をしようと、母が認知症になろうと、この行事は続き、いくつもの春が父母の心に刻まれていった。

その馬鹿

ある春のことだった。母の認知症は初期で、時々奇声を発したり、見ず知らずの人に話しかけたりすることが多くなってきた頃だった。私はちょうど帰省していて、3人でこれから花見に行こうと父が言う。私は内心ためらった。人前で母が奇声を発するのが嫌だった。恥ずかしかった。しかし、父の花見への思い入れはわかっていたので、一も二もなく頭を縦に振った。

　その日は満開で、日曜日ということもあって、多くの人が花見に訪れていた。桜の木の下に場所を取り、買ってきた弁当を広げた。最初のうちは近くの人と静かに挨拶を交わしていたが、アルコールが入り、周りは歌ったり踊ったりとどんどん興に乗ってきた。それに興奮したのか、母が奇声をあげ始めたのだ。私が母を落ち着かせようとしていると、その喧噪《けんそう》の中、「その馬鹿になんか芸をやらせてみろ」という声が耳朶《じだ》に触れた。母が大きな声を出すと、わーっと歓声が起こった。私は誰に向けるともなく立ち上がり、「お母さんは馬鹿じゃなか」と大声で言い放った。一瞬静まり返ったが、すぐに元の喧噪に戻った。母を馬鹿にした者には私が何を言ったか聞こえなかったかもしれないが、言ってしまった後、すべての人が私を見ている気がした。さっきまで母と人前に出るのを嫌がっていた私が、自分の母を馬鹿にされて怒ったのだ。その矛盾と恥ずかしさの中に静かにうなじを屈《かが》めるしかなかった。父は「大丈夫。大丈夫」と言いながら私の背中を励ますようにさすった。父は涙ぐんでいるようにも見えた。

感じる桜

数年後の春、帰省をした。あのときから花見には行っていないと父は言った。母が人目にさらされて馬鹿にされるのは自分の身を切るように辛いと言った。でもあのとき母をかばう私を見て、こんなにも母のことを思う者がいてくれて、それが息子のお前だということが何よりうれしかったと付け加えた。そして、病院へ行き、母がアルツハイマー型認知症の診断を受けたと話した。今のところ不治の難病だということであった。次の週には桜が咲きそうだから花見に連れて行くと父母に約束して、私は長崎に帰った。

翌週、二人を連れてドライブをした。盆も正月も帰らず、父母の誕生日も知らずプレゼントをしたこともない息子が花見に連れて行くというのだから、父はとても喜んだ。その喜ぶ姿を見て、この1週間、母も「幸之助が帰ってくる。帰ってくる」と何度も毎日つぶやきながら心待ちにしていたらしい。たこ焼きと缶のお茶を買っての簡単な花見だったが、父と母にとってはあのとき以来の久しぶりの花見であった。人気の少ない桜の下にシートを敷いた。「弁当屋から料理を買《こ》うてきて、花見ばすればよかったね」と口にすると、父は「弁当は食い飽きてね」と言った。認知症が進み、母が料理を作らなくなったため、弁当屋によく行くのだそうだ。毎日弁当屋の小さなテーブルで買った弁当を二人並んで食べるのだそうだ。そんな姿を見て「あの二人は仲のよかね」と病院中で評判になっていることをうれしそうに父は話した。「この歳になってもほめられるのはうれしかね。何もいらん。何もいらん。花のきれかね。よか春ね。またお母さんといっしょに1年生《い》きたねえ」。母に言葉がいらなくなったように、父にも物や余分な飾りはいらなくなってしまったようだった。

母が桜を見上げて「ウォー、ウォー」と奇声をあげる。「毎年のようにお父さんと二人で来た花見をお母さんは覚えとるやろうか？」と、私も桜を見上げて言った。「花見を楽しみに二人で1年がんばって、この桜はそのご褒美のようなもんばい。そのご褒美をお母さんが忘るっもんか」と父は言った。桜の花びらが風に舞った。次から次に舞ってきた。「今、俺には桜の花びらが幾重にも重なって見える。今年の桜の花びら、その奥に去年の桜、そのまた奥におととしの桜、その一番奥にはお母さんと結婚したときの桜の花びら、全部お母さんは覚えとるよ」。母は黙ったまま桜を見上げていた。「本当にお母さんに桜がわかるんやろうか」とまた言うと、「桜はわかるとかわからんとかいうもんじゃなか。ああ！　きれか桜ね。春は心で味わい感じるもんたい」と父は胸のあたりをポンとたたいた。それを見て「心臓はどうね」と聞くと、父は「お前は風流じゃなかなあ」と母に笑顔を送りながら言った。

瞳の中の桜

そんな風流だった父も心臓の発作で亡くなり、私が毎春母を花見に連れて行くようになった。医師から「この脳の状態ではあと3年ですね」とか「あと何か月かですね」と言われ、来年の花見はもう無理かもしれないと毎年思いながら、ただ缶のお茶とたこ焼きを買っての花見であったが、母とのそれは十数年続いた。最初のうちは母の手を引きながら花見をし、歩けなくなると車椅子で、首が据わらなくなるとリクライニング付きの車椅子で、父が亡くなってからは1年も欠かさず連れて行った。認知症は進行していって、呼びかけても反応がなくなり、私がいるかどうかもわからないような状態でベッドに横になり、ボーッと天井ばかり見つめている母だったが、花見に連れて行ったときだけは、必ず「ウォー、ウォー」と、3人で来たときのように大声をあげた。その姿を見て、「ああ、お母さん。桜がわかるんか。春が来たのがわかるんか。おお、よかった、よかった」と私は言った。

ある春の日、例年どおり母を花見に連れて行った。満開の桜を透かして真っ青な空が広がっていた。いつの頃からか、たこ焼きも缶のお茶も買わなくなって、ただ車椅子を押し、母と二人で桜の中を歩き、止まってはそこで佇むだけの花見になっていた。母は前年に比べ病気が進み、身体のあちこちが硬直して、車椅子に座らせるだけでも大変だった。両側に桜が咲く坂道で車椅子を押した。自分から見つめることができない母の目に桜が映るように体勢を整え、桜の下に立った。母の瞳の中で桜が空一面に咲き、花びらが風に舞っていた。それなのに母はまったく反応しなかった。

人の価値とは

瞳の中の桜を見つめていたら、父と母と3人で花見をした頃のことを思い出した。母は桜の下をウロウロしていた。「お母さん、どこへ行くとね?」。「お墓へ行くとよ」と母が答えると、父は「墓に行くときは一緒に行くよ、お母さん」と笑って言った。父がふと淡い色の魂のように桜の枝に現れるのを感じる。「桜はわかるとかわからんとかいうものじゃなか。ああ！　きれか桜ね。春は心で味わい、感じるもんたい」という父の言葉が頭を過ぎる。

父が言うように季節は決して「わかる」ものではなく、「感じる」ものなのだ。そう思ったとき、母が桜の咲く空を車椅子の底から眺めて「ウォー、ウォー、ウォー」と三度大声で叫んだ。母には桜も春も理解できないが、桜を見上げ、桜を感じ、春を感じ、春を味わっているに違いない。

我々は人の価値を推し量るとき、できるできないという基準やわかるわからないという物差しで人を見てしまう。学校教育でそのように育てられてきたのでしょうがないが、人の能力を判断するとき、感じる感じないという基準を忘れてしまっているように思う。この感じる感じないという基準は、心の豊かさの領域に属するものだ。認知症という病気が進み、わかるわからないで言ったら何にもわからなくなってしまった母。できるできないで言ったら何にもできなくなってしまった母。それでも、感じる感じないで言うと、母は深くこの世界を感じているのだ。そんな母に私が向かい合うとき、できるできないの基準を持ち込んでしまったらどうだろう。何もできない母だから何も価値がない母ということになってしまう。わかるわからないで向き合ってしまったら、何にもわからない母だから無視して相手をしなくても構わないということになってしまう。そう考えるようになってからは、もう母が桜の下で大声を出して叫んでも、「ああ、お母さん。桜がわかるんか。春が来たのがわかるんか。おお、よかった、よかった」とは言えなくなった。ただ車椅子に座る母と二人で満開の桜を見上げながらじっと黙って佇んだ。まだ春風は冷たかった。

私はそれまでこの世界をわかろうとばかりしてきた。言葉のない意思表示をしない母のことなんて、本当のところはわかるはずがないと思っていた。

しかし、感じることだけが残って、この世界をまだ深く感じている母に向き合い始めたとき、私も母をしっかりと感じようと思うようになった。イメージ深く母を見つめ、この手で母のぬくもりを感じた。一緒に生きているのだという実感がわいた。父と同じように私も母を感じ、春を感じるようになったようだ。今、私にも桜の花びらが幾重にも重なって見える。今年の桜の花びら、その奥に去年の桜、そのまた奥におととしの桜、その一番奥には母が認知症になった20数年前の桜が、鮮やかにはらはらと重なり散っている。

3

アルツハイマーという恥

アルツハイマーという恥

2000年に認知症の母とのことを書いた『マザー』という詩集を出版した。母が認知症になって10年ほどの期間のことを書いた本である。ある週刊誌の記者がこの本のことで取材に訪れた。できあがった記事には見開き両面に私と母の写真があり、「痴呆症を家族が語り始めた」とあった。今から30年ほど前は、認知症だということを隠し、認知症の人を人目に触れさせないように、家から一歩も外へ出そうとしない例や部屋に閉じ込めておくような家庭もあった。その頃は認知症を「痴呆症」と呼んでいた。「痴呆」は辞書で繰ると、「愚かなこと」とある。

認知症が恥ずかしい

母の病気は愚かになっていく病気らしく、世間には認知症の人に対する差別的な発言も多かった。けれども父は、認知症の母を隠すどころか、母の手を取って外を散歩するのを日課とした。母は「馬鹿が来た」と言われたり、「馬鹿が歩きよる」と笑われたり、ひどいときには「その馬鹿に何かさせてみろ」とからかわれたりした。それでも父は「何が恥ずかしかもんか。俺の愛した人たい。愛して愛して結婚して、ずっと愛してきた人ばい。俺は一度でんお母さんのことば、恥ずかしかと思ったことがなか」と言って、毎日朝昼2回、母と散歩した。「よく考えてみろ。病気が心臓に来る人もいる、胃に来る人もいる、肺に来る人もいるだろう。お母さんはその病気が脳という臓器に来ただけたい。何も恥ずかしかことはなか」と。いつも父は堂々と母を連れて出かけた。一方、私はというと、母のことが恥ずかしくてたまらなかった。母は舌をペロペロと出しながら、1～2分に1回、「アー」「ブー」と声をあげて叫び、がに股で歩いた。人が来れば誰彼となく愛想を振りまき触ろうとした。そんな姿を人に見られるのが嫌だった。友人たちにでも会って、「お前のお母さんどうしたんや?」と言われたくなくて、三人のときは、自分とは関係ないふりをしながら二人の後ろを歩いた。

ある日、三人で散歩をしていたときのことだ。父母の後をうつむいて歩いていると、小学校の低学年の子が道ばたの小石を拾い取ったかと思うと、母にぽーんと放り投げ、「バーカ!　バーカ!」と言って逃げ去ろうとした。

いつものことなのだろう、父母は平然と手をつないで歩いていた。私はその子どもに激怒した。「こら待て！」と追いかけようとした。そんな私を父が押し止めた。「事情を知らん子を叱っちゃだめばい。あの子の家も、お父さんもお母さんも知っとっけん。後で行って、あの子にもご家族にも聞いてもらう。お母さんが認知症であること、その病気を抱えながら必死でお母さんが生きとること、それをお父さんが命がけで支えとっことを話そうと思う。叱るのはそれからばい。知らん子を叱っちゃだめばい。知らんなら教えてあげんばいかん……」。そう、私を諭すように父が言った。「お父さん！　あの子はお母さんを馬鹿んして差別をしとっとばい」と、母に対する自分の態度を棚上げにして私は言った。このときは本当の意味で「認知症を知る」ということが私にはわかっていなかったが、後々になってこの父の言葉が腑に落ちたのである。

笑う者

小学校の子どもたちの前で認知症の母の話をした。母の写真を見せると、大声を出して笑う子どもが数人いた。叱るつもりは毛頭なかった。滑稽《こっけい》なものを見て、つい笑いたくなるのは当たり前のことだからだ。大人ならば心で笑っていても大声を出して笑うことなどないかもしれないが、子どもはとても残酷なところがある。子どもたちはいつまでも笑っていた。さすがに私はムッとしたが、かまわず母の病気の話をした。

ものを忘れていく恐怖や自分の周りの世界がわからなくなってしまう認知症のことを話し、その病気を抱えながら必死に生きる母の姿やその母を支えた父について話していくうち、どの子も真剣に話に聞き入っていた。子どもたちの幾人かは目に涙をためていた。誰よりも大きな声を出して笑った子はといえば、大粒の涙を流して話を聞いていた。最後にもう一度母の写真を見せた。それを見て笑う者は一人もいなかった。認知症という病気について知り得ることで、同じ写真でも違って見えてくるものなのだ。正しく知るということは、子どもたちの心さえも大きく揺さぶり、育てていくものだと実感した。認知症という病気に対する偏見や差別をなくすためには、それについて正しく知り、一人の人間を通して深く感じることが大切だと、子どもたちが教えてくれた。そして話し終わった後、一番笑っていた子どもが私のところに来て、「先生、人を思いやるというのは可愛そうだと思うことではなく、何かをその人のためにしてあげることですね」と言った。

大声で笑えるというのは、心の痛みもしっかりと感じる感性が宿っているということだ。この子どもは、これから認知症の滑稽な姿を見ても笑わないだろう。子どもを常識や知識がないと見くびってはいけない。むき出しの感性でこの世界を感じ取る。常識や知識に隠れて自らの感性が見えなくなり、頭の中だけでかわいそうだと考える訳知り顔の大人に比べ、心の豊かさは計りしれない。「知らない子を叱っちゃだめだ」という父の言葉が、私の胸に落ちた瞬間でもあった。

小石を投げた子どもを追いかけようとした私を制止して、その後、父が言葉をつないだ。「あの子より問題なのは幸之助、お前のほうたい。お前こそお母さんが認知症だと知っとっとに恥ずかしがっとるじゃなかね。俺は今まで一度もお母さんを恥ずかしかと思ったことがなか。がに股で歩き、『アーブー』て声をあげて叫ぶ姿は、お母さんがこの病気を抱えて必死に生きとる姿なんばい。お前の母親が目ん前で必死で生きとっとぞ。それが息子のお前になんでわからんとか！」。

息子として恥ずかしいことだが、その頃は、母の介護は父に任せっぱなしでお盆も正月も帰ることもなく、母の暮らしぶりもそれを支える父の奮闘ぶりもあまり見たことがなかった。ただ認知症というものを知識として知っていただけだった。認知症を抱えながら生きる父母の日々の営みにまでイメージが及んでいなかったのである。この父の言葉で病気とともに必死に生きる母や母を支える父の姿を、やっと私はイメージできるようになったのだ。それから20数年間、認知症の母に向き合ったが、この父の言葉は私を支え続け、今でもずっと心に深く刻み込まれたままである。

揶揄される認知症

認知症の母を恥ずかしがっていた私のように、10数年ほど前までは認知症の人を馬鹿にする言動がテレビなどで見受けられた。コメンテーターである女優さんが、言葉をふっとど忘れした。ど忘れしたと言えばいいのに、「瞬間アルツになったかしら。アハハ」と冗談めかして笑った。瞬間アルツというのは、瞬間アルツハイマーの略に違いなかった。またあるとき、ラジオを聞いていると、パーソナリティーが名前をど忘れして、「♪アルツハイマーになったかしら?」と節を付けて歌った。公開録音だったこともあって、それを聞いた人たちは大爆笑だった。その笑い声をラジオから聞いたとき、この国はどうかしてしまったのかと思った。どちらの発言も、アルツハイマー型認知症をただのど忘れやもの忘れだと思ってのものだ。病名を揶揄《やゆ》しただけではなく、間違った知識のもと、アルツハイマー型認知症を使っている。アルツハイマー型認知症はただのど忘れでももの忘れでもない。二人とも病名を知っているだけで病気を知らない。また、その病気を抱えながら必死に生きる人間の姿にまでイメージが及んでいないのである。

私の母をはじめ、認知症を患っている人は、何もかも忘れて呑気《のんき》そうに見えることもあるので、茶化してしまう人がいるのかもしれない。しかし、アルツハイマー型認知症というのはれっきとした病気である。認知症とともに必死に生きている人がいる。それを必死に支えている人がいる。日々の営みにおいて認知症の人の心の中では、忘れてしまう無念さ、忘れ去る悲しさ、忘れゆく恐怖、思いどおりにできない怒りが渦巻く。それを支える家族の心の中には、日々の介護の辛さ、虚しさ、認知症に伴って人が変わっていく悲しさ、いつまで続くかわからない苛立《いらだ》ちが、生まれては消え、消えては生まれる。そのうえ、認知症を患った人自らは、前述のような嘲《あざけ》りに反論することさえできないことが多い。

「認知症を知る」ということは、認知症を知識として知ることだけではない。それを抱えて必死に生きる人や必死に支える家族にまで考えが至っているか。つまり、認知症の本人やその家族にどんな思いや人生があるか。一人の人間をイメージ深く見つめることで、もう一度認知症をとらえ直してほしいと思うのである。

　母が認知症だと診断された30年前、認知症は痴呆症と呼ばれ、「愚かな病い」とされていた。「愚」という漢字は、音符の「禺《グ》」と「心」からできている。「禺」とは猿に似た怠け者の象徴で、心の働きが鈍いことを意味する。母は何もわからないし、何もできないかもしれない。しかし、鈍いどころか心はしっかりと働いていて、深くこの世界を「感じて」いるのだ。その意味からも決して愚かではない。本当に愚かなのは、母の気持ちなどわかろうとせず、母を恥ずかしがった私や病気を抱えて必死に生きる母を指さして罵った者ではなかろうかと思うのだ。

4

こちらとあちら

こちらとあちら

「わかる」と「わかろうとする」

それは、若手の介護職の人たちに向けた講演会の場だった。「認知症の人には言葉をなくしてしまった方がいます。言葉が残っている方でも何を言っているかわからないときもあるけれども、みなさんが認知症の方一人ひとりをわかろうとしてあげてください」と、私は話を締めくくった。講演後、聴講者から質問を受けた。介護職に就いて間もない20代前半の若い青年だった。「今、私は数人の認知症の方の担当をしています。言葉がない方の思いはまったくわからないし、言葉の残っている方でも何を言っているかわからないときがあります。がんばってみても何もわからないし、何も変わりません。それでも私はがんばらなければならないでしょうか?」。

質問の内容といい、実直なものの言い方といい、この青年は自分の仕事に真摯に向き合っていると感じた。答えになっているかどうかわからないまま、私はこう答えた。「私は認知症の方を『わかってください』と言ったのではなく、『わかろうとしてください』と言ったのです。私の母にも言葉はまったくありませんでした。亡くなるまで母の本当のところは何一つわからないままでした。そのわからないものをわかろうわかろうとしてきた20数年間でした。あなたはがんばってみても何一つ変わらないと言いましたけれど、私には一つだけ変わったものがあります。言葉のない母をわかろうとして、自分自身が変わったと思うのです。自分自身が変わるということは、この私のこの世界を見る目が変わるということです。世界を見る目が変わることで、少しずつですが、母と私の関係も変わってきたように思うのです」と。青年は納得できていないようだった。20数年かけて認知症に向き合ってきた私の思いがこの青年にいつか届くのではないかと、瞳を見ながら思った。一方で、納得のいかないその瞳は、20数年前、母の介護を始めた頃の自分のようだった。

認知症というあちら側

母が認知症を患ってすぐの頃だ。母はキューピー人形を肌身離さず抱いていた。人形の頭を優しくなでて、人形に乳をやろうとした。畳の上に大切に寝かせて、オムツを替えようとした。無論、キューピーちゃんは裸でパッチリと目を開けた人形のままだったが、母は外を散歩するときも、便所に行くときも、食事をするときも、もちろん徘徊するときも、いつもそれを大真面目に抱いて歩いた。そして、立ち止まっては大切に抱き直し、優しくあやした。私は人目を気にして、人形を取り上げようとしたが、母は決して渡そうとしなかった。それでも取り上げて、見つからないようなところに隠すのだが、いつの間にか母は目ざとく見つけ出してきて、自分の子どものように大切に抱いていた。このことが何度も繰り返されると、母はわざとやっているのではないかと苛々《いらいら》して、「もうこんなことはやめてくれんね！」と、大声で冷たく当たることもあった。その奇行を止めさせることばかり考えた。認知症の母のその行動が、私にはまったくわからなかった。どれだけ「わかろう」としても「わかる」ことはなかった。どうせわからないし、何も変わりはしないと、母を拒絶するようになった。

どう努力しても関係が変わらない母のことを、「あちら側」の世界の固定的な存在であると私は感じていた。つまり、認知症の「あちら側」の世界と、正常である「こちら側」の世界とに線引きをしていたのだ。「あちら側」の世界と「こちら側」の世界との間に隔たりがあると、本当の理解や解決は訪れない。戦争や紛争が続く国境がそうであり、差別の問題もどこかに違いを見つけて線引きをして、「こちら側」と「あちら側」とに隔てているに他ならない。障害者の人や認知症の人に向き合う場合も、この線引きがあるうちは、そこには同情が生まれるだけで、本当の理解や解決には至らない。「あちら側」と名付けられたものは固定的な視線にさらされ、自分とは無関係で理解できない世界になってしまうのである。認知症という病気と母に対するこんな私の視線はいつまでも続いた。

こんなところ

父が入院したので、母をその病院の隣にある施設へ連れて行くことになった。認知症の人が多く入所していた。始終口を開け、よだれを垂れ流している人がいた。大声を出して娘を叱りつけ、拳で殴りつける呆けた父親がいた。行く場所も帰る場所も忘れ去って延々と歩き続ける老女がいた。鏡に向かって叫び続け、しまいには自分の顔に怒り、ツバを吐きかける男がいた。うろついて他人の病室に入り、叱られ、子どものようにビクビクして、うなだれる老人がいた。

そんな様子を初めて見て、母を「こんなところ」へ入れなければならないのかと思った。母の病気はこんなにひどくない。そう思ってもどうしてやることもできず、母を置いて帰った。兄と私が帰ろうとすると、母は一緒に帰るものだと思っていて、職員の静止を振り切って出口まで私たちと並んで歩いた。その静止をどうしても振り切ろうとする母は数人の職員に連れて行かれ、私たち家族は別れた。こんな中で母は今日眠ることができるのか。こんな中で母は大丈夫か。止めどなく涙が流れた。相変わらず私にとっては、認知症の世界はいつまでたっても「あちら側」の世界であった。

おばあちゃんの世界

そんなとき、ある認知症の人に出会った。そのおばあちゃんは、一番前に座って私の講演を聞いていた。「おい、おい、こっち来い」と呼び続けるので、「ああ、おばあちゃん、こんにちは」と相手をしていた。「こっち来い、こっち来い」とずっと言い続けるので、私は目をそらした。すると、相手にされないことが気になったのか、「おい、こら、こっち来い」と、さらに声が大きくなった。

そこで私は理屈で説得した。「おばあちゃん。私はそっちに行けないんですよ。わかってください。そっちに行ったら、こっちに誰もいなくなって話す人がいなくなってしまう。わかってください」と。「わかりました、わかりました」とおばあちゃんが言ったので、私は安心して話を再開したが、5分もたたないうちに、また「こっち来い、こっち来い」が始まった。このままでは講演ができないと思ったので中断して、おばあちゃんの横の席に座った。すると、おばあちゃんは私を招き入れ、背中を優しくさすってくれた。「きつかったなあ、きつかったなあ。休んでいけ、休んでいけ。ゆっくり休んでいけ」。

母は認知症になった60歳のころから言葉をなくしてしまっていたので、久しぶりに母に優しくされた気がした。私を休ませて満足したのか、背中をさするのを止めて、おばあちゃんはうれしそうに笑みを浮かべて私を見つめていた。私はおばあちゃんの行動を何か難しいことのように思っていたが、向けられた愛情をありがたく受け取ればいいだけのことだった。私は講演に戻った。そして、それから1時間半の講演中、おばあちゃんはもう「こっちへ来い」と一度も言わなかった。

後から聞くと、このおばあちゃんには息子さんがいて、私をその息子さんと間違えたのではないかということだった。おばあちゃんは立ちっぱなしの息子を休ませることができて安心したのだろう。おばあちゃんには自分の世界が広がっていて、その世界に付き合ってあげることで、おばあちゃんの頭の中の物語は完結するのだ。認知症の人の振る舞いはしばしば奇行に見えるが、自分の頭の中の世界に沿って生きているだけなのである。ただ目の前の人を息子や娘と間違い、声をかけてみたり、思い出の順番が違って昔の思い出が今になり、この今がどこかに行ってしまったりするだけなのだ。頭の中の世界に沿って今を生きているという意味では、認知症の人も私も何の違いもなく、まったく同じである。

私も必ず歳をとり、同じように認知症になるかもしれない。そう考えると、私とおばあちゃんの間にはさして違いはなく、存在を二つに分ける線などどこにも見当たらなくなる。おばあちゃんに会って、私と母との間に引かれていた1本の線が消え、「あちら側」も「こちら側」もないと思い至る。認知症の人を理屈や常識で説得し、納得させることは難しい。しかし、我々からすれば奇行だと思えるような行動を入り口にして、認知症の人の世界に付き合うことで、その頭の中に広がる物語を完結させ、喜ばせたり、安心させたりすることはできる。

認知症の人を「わかろうとする」ことは、奇行を笑うのでもなく、奇行をやめさせることでもない。認知症の人の頭の中に広がっている物語を理解し読み解くことは、その人と一緒にこの今を生きるということなのである。

わかろうとし続ける

講演会が終わって、その足で母のいる施設に向かった。いつものキューピー人形を抱いて母は立っていた。それまで私はずっと母を病気を通してだけ見てきたように感じた。認知症の母ではなく、母そのものをしっかりと見つめてみようと思った。母の後ろに広がる人生を物語として読み解いて、認知症という病気と向き合ってみようと思ったのだ。それまでは「恥ずかしいからやめろ！」と叱り、人形を取り上げて隠していたが、一緒に人形の頭をなでてみた。すると、大真面目にオムツを替え、お乳をやる母が、若い頃の自分にすっかり戻って、この今をしっかりと生きているとわかった。認知症の人が昔に返るとき、一番充実した頃や一番楽しかった日に戻ると聞く。母はうれしそうな顔をしていた。「その赤ん坊は兄ちゃんね？　姉ちゃんね？　それとも俺ね？」と聞くと、母は人形を優しく何度もなでた。

人形をどこかに隠しても、母は目ざとくすぐに見つけていた。何にもわからないはずなのにと思ったが、至極当たり前のことだった。自分の大切な子どもがいなくなったら誰でも必死に探すのだ。キューピー人形を抱きしめる母を見つめながら、母に愛された日々を思い起こした。そのときから母が住む施設を「こんなところ」と思わないようになった。あちら側の「こんなところ」を見ても、決して奇妙には感じなくなった。認知症の人たちが必死に生きるところに見えるようになった。

徘徊など認知症独特の行動が見られたときに、それをやめさせるのか、それともそれを通して母を理解しようとするのか。いつも選択肢は二つあった。それまで私は忙しいことを理由に、いつも「奇行」をやめさせようとしてきた。自分のために、いつも手っ取り早いほうを選んできたのだ。しかし、その奇行を母の心を理解するためのきっかけにしていたならば、それはすでに奇行ではなく、心が伸びやかに現れた自然な行いであったのだ。じっくり見つめて、母のかすかな心の動きを感じる。まるでわずかな風でかすかに揺れる小枝の動きを感じるように。感じているうちに、少しずつわかってくる。感じ、理解していくということは、受け入れ、その後ろに広がる人生を受け入れていくということだ。母とこの今というときを生きるということなのだ。それは私自身の人生の物語に気づいていくことだと思うようにもなった。

母は認知症になってすぐに言葉を失った。そのこともあって、20数年の介護を経ても私には言葉のない母の本当の気持ちや思いが何一つわからなかった。「あちら側」と名付けられ固定的にとらえられた認知症の人の世界を「わかる」のはとても難しい。特に認知症を専門的に学んだわけでもない私のような者にとって、その理解は不可能に近い。

介護の職に就いたばかりのあの青年にとっても同じことだろう。だから、彼の問いへの答えとして「わかる」ことではなく「わかろうとする」ことだと言い換えたのだ。青年の「わからない」前には、必ず「わかろうとする」思いがあったに違いない。「わからない」ことで、「わかろうとする」ことをやめないでほしいと私は言いたかったのだ。「わかる」ということは、認知症という「あちら側」を知識や変わらない状況として固定的にとらえて、「こちら側」の納得の中で考えることだ。それに比べ、「わかろうとする」ことは、「あちら側」を受け入れようとイメージ深く柔軟的にとらえ、相手の心というフィールドの中でその人と一緒に生きようとすることにつながる。そして、

「わかろうとし続ける」ところには、人と人とのつながりが生まれてくるのだと思う。共に生きるということは、互いのイメージの力によって、たとえ埋められなくてもその差異を埋めていこうとすることなのだ。「わかろうとする」ことにおいては、わからなくてよい。「わかる」ことが目的ではなく、「わかろうとする」行為の中にこそ認知症という病気や認知症の人という「あちら側」への入り口が存在している。それは「あちら側」と「こちら側」をつなぐ入り口でもあるように思う。「わかろうとする」人の前では、「あちら側」はどこにも存在することができないのだ。

5

する側とされる側

する側とされる側

写真の距離感

私が熱心に写真を撮っていると、必ずといっていいほど通りがかりの誰かがレンズを向けている先に目をやる。レンズの先に美しい何かか、価値ある何かが存在するように思うのであろうか。ある港で船の写真を撮っていたら、「あんた警察の人か?」と声をかけられた。隠さなければならない秘密があったのだろうか。集合写真ではピースサインをしないほうがいいともいう。写真からその人の指紋を盗むことができるからだそうだ。こんなふうに写真にはさまざまな情報が隠れている。

レンズを向けるということは、向ける側と向けられる側に一種の緊張関係を生む。記念撮影であっても、少しでも自分をよく見せようとするものだ。だから、他人にレンズを向け、1枚の写真を撮るのにも気をつかう。緊張をやわらげる距離がないだろうかといろいろとやってみたが、何枚も撮っていくうちに、レンズと人との「距離」ではなく「距離感」であることに気がついた。写真はレンズを向ける側と向けられる側との関係性がそのできばえに大きく影響する。風景であっても、何度も撮影に訪れた場所は、光の具合、フォルム、色の具合を周知していて、肌で空気感がわかっている。何も知らず初めて撮影する場所のそれとは写り方がまるっきり違う。

北海道の旭川に講演に行った。主催者であるグループホームの施設長Oさんにこんな話を聞いた。「写真をあまり撮ったことがなくても、いい介護福祉士は入居されている方の表情豊かないい写真を撮るんですよ」と。自らも一眼レフのカメラを持って写真を撮るOさんに、私も何枚か撮ってもらった。その写真の中の私は、北海道の大地を踏みしめて今まで見たこともないようなよい表情をして立っているではないか。「いいね。いいね」と私を喜ばせながらOさんはシャッターを押すのだが、写真のできばえの要因は技術ではない。Oさんと私の心理的距離感の近さがレンズと私との間に自在に距離を作り出し、よい表情へとつながっていたように思う。

Oさんとお会いするのは二度目だったが、最初からその話しぶりといい、視線といい、私はOさんから受け入れられて認められていると感じていた。Oさんのいう「いい介護福祉士」の撮った写真も見せてもらったが、日頃距離感を育んできているのだろう、入居者の方たちとの絶妙な距離のよい写真が何枚もあった。入居者の方々は、この介護福祉士に受け入れられ、自分は認められているんだという心理的近さを感じているに違いない。写真を撮る物理的距離は心理的な距離感と深く結びついているとあらためて思った。

パーソナルスペース

社会心理学に出てくる言葉に「パーソナルスペース」というのがある。人が他人との間に保とうとする空間のことだ。電車で一つおきに座ったりするのも、自分の居心地のよいパーソナルスペースを確保している例だ。見えない空間に他者が入り込もうとすると、人は不快に思い、警戒し反応する。パーソナルスペースの広さは個人差があるとともに、相手との関係や状況によっても異なる。

エドワード・T・ホールは、パーソナルスペースにおける対人距離を四つのゾーンに分けた（文献**1**）。一つ目のゾーンを「密接距離」といい、45㎝以下で、抱きしめ、手で相手に触れることのできる距離とした。とても親しい恋人同士や親子間などに許される身体接触が可能な対人距離である。次のゾーンを「個体距離」といい、45㎝〜120㎝とされる。手を伸ばせば指先が触れ合える距離である。親しい友人や知人などの相手の表情が読み取れる程度だ。三つ目のゾーンは120㎝〜360㎝で、「社会距離」とよばれる。知らない人同士の会話や公式な商談で用いられる距離である。相手に手は届かない。最後のゾーンを「公衆距離」といい、360㎝以上とされる。講演者と聴衆のような関係におけるもので、複数の相手が見渡せる距離である。

介護する側とされる側の対人距離は、一つ目の密接距離（45㎝以下）にあたる。親子や夫婦間でのそれだ。体位を変えたり、下《しも》の世話をしたり、お風呂に入れたりする介護職の仕事は、密接距離でないとできないものである。息子の私が母の介護をする際はまったく気にならない距離であるが、仕事として行うとなれば私にはできないかもしれないと思う。そんな密接した距離においては自分のその人に対する心が見透かされているような気になって続けられそうもない。

私の講演を聞いた介護福祉士の方から「私たちは他人の世話をしているので、家族である藤川さんの介護のようにはいかない」と言われたことがあった。親子であり、小さな頃から一緒にいて、確かに母のことはよく知っているので、関係性は他人よりも深いと思う。一方、介護職や医療関係の方たちは、限られた情報の中で他人と関わらなければならない。それでも、身体接触が可能な密接距離を繰り返し体験することで、親子間に近い感情がわいてくるのかもしれない。Oさんのいう「いい介護福祉士」の彼とお年寄りが一緒に風呂に浸《つ》かっている写真があった。そのお年寄りの表情がとても自然で、明るくうれしそうだった。両者の間には親子で生じる過去の軋轢《あつれき》などはない。まっさらな関係から親密な関係を日々作ってきたのだろうと思う。親の介護しかしたことのない私には、想像もつかない深い世界だ。時間をかけて関係を培い、1日1日を大切に育み、結ばれてきたに違いないのだ。母が熊本の施設を退所するとき、施設の方が別れを惜しみ、母の手を取りながら泣いているのを見て、その言葉を超えた心の通った深い関係に、私は軽い嫉妬を感じたことを覚えている。

笑顔が伝えるもの

私には幸いにも自分の前に母を介護していた父というロールモデルがあった。父はいつも母に接するときは笑顔だった。どんなことがあろうと、優しいまなざしで母を見つめた。一般に、介護の際、笑顔で接すると、お年寄りはとても落ち着き、認知症の行動・心理症状（徘徊など）が少なくなっていくといわれる。そういえば、父が介護しているときは、母の徘徊はまったくなかった。他の行動・心理症状もあまり見られなかったように思う。徘徊などが多くなったのは、私が介護を始めてからだ。父の笑顔は母にとって温かく、安らげる場所であったに違いない。

言葉を失ってしまった母に対して父は、言葉ではなく、視線や表情、身振りなどで思いを伝えていた。大井玄さんは、著書で「痴呆状態にある人と『心を通わす』とは、記憶、見当識などの認知能力の低下によって彼らに生ずる『不安を中核とした情動』を推察し、それをなだめ、心おだやかな、できれば楽しい気分を共有することです」と書いている（文献**2**）。認知症が進む中、母にも不安はたくさんあっただろう。しかし、それらを父の笑顔が溶かし、一つひとつ喜びに置き換えていったのだろうと思う。言葉で理解し合うのではなく、言葉や意味を超えた「喜び」や「楽しみ」という情動を父と母は共有していたのだ。父と一緒にいる写真の中の母はいつも笑っている。

人は笑顔で何を伝えているのだろう。講演活動をする中で気がついたことがある。どんなに面白い話でも、苦虫を噛みつぶしたような顔で語ると誰も笑わないのだ。ところが、どんなに面白くない話でも、笑顔で話をすると、誰彼なしに笑顔になり、笑い声さえ聞こえてくるのだ。満面の笑顔の元を心の中にたどれば、それは喜びであり、楽しみであり、幸せであると思う。笑顔を送ることで、話を聞いている人たちはその内容ではなく、笑顔が伝える喜びや幸せを受け取って、楽しさを共有できるのではないか。あくびがうつるのは、あくびに内在しているくつろぎ、退屈、ねむ気、くたびれが、見ている人の視覚に訴えて誘起させているのだそうだ（文献**2**）。つまり笑顔も同じことになる。笑顔を作ることによって「喜び」「楽しみ」「幸せ」などの情動が促されるということだ。感情は言葉ではないもののほうが伝わりやすいのかもしれない。認知症の人は出来事自体は忘れても、そのときの感情は残ることがあるそうだが、父の笑顔が生む感情を母は残像のように残していたのだろう。

言葉以外で伝わるもの

私の友人のご両親は二人ともろうあ者で、彼は生まれたときから声のない家庭で育った。会話はもっぱら手話で、込み入った話をするとき、紙に書いたり資料を見せたりで大変だったという。小さい頃、書店で彼がいなくなった。父親は、探すにも言葉が出ないので、誰かに聞くこともできず、大声で叫ぶこともできず、とても心配したらしい。そんな彼に「お父さんとお母さんの声を聞きたいと思ったことがないか？　優しい言葉をかけてもらいたいときがないか？」と投げかけたことがある。彼は「自分の声が父母の声に似ているかどうかは確かめてみたいときはあるけれど、声や言葉がなくても、父母の優しさはちゃんと伝わってくるので、特に聞きたいと思ったことはない」と答えた。抱きしめられたり、笑顔に包まれたり、肌のぬくみを感じたりして、ご両親の思いや優しさは彼に十分に伝わっていたに違いない。言葉や声でしか思いや優しさは伝わらないと思っていた自分が恥ずかしくなった。思いや優しさを言葉や声以外で伝えることの豊かさを深く感じたのであった。

言語以外の手段を用いたコミュニケーションをノンバーバルコミュニケーション（非言語コミュニケーション）という。視線や身振り、手振り、顔色、顔の表情などはそれに含まれる。言葉のない母と父とのやりとりや、笑顔が伝わる例、ろうあ者であるご両親との関わりもこれにあたる。コミュニケーションにおいては、このノンバーバルなものが重要な意味をもってくる。通常、人と人とのコミュニケーションには、ノンバーバルコミュニケーションに言葉が加わる。母の場合、認知症初期の頃から言葉がなかったので、ノンバーバルなコミュニケーションが大部分だったが、通常の介護においては言葉が重要なツールになるのは言わずもがなである。

メラビアンの法則というものがある。アメリカの心理学者・アルバート・

メラビアンがコミュニケーションの実験から導き出した法則だ（文献**3**）。言葉や話す内容よりも見た目が大事だということを証明したものとして知られているが、これは少々、拡大解釈されているように思う。メラビアンは、人と人とが直接顔を合わせるコミュニケーションには、言葉の内容である「言語情報」と、声のトーンやしゃべるスピード、口調など耳から入る「聴覚情報」、身振り手振りなどの「視覚情報」の三つの要素があり、効果的なコミュニケーションを行うためにはこの三つが一致する必要があると言った。

なお、人と人とが直接顔を合わせて好意や反感という感情や態度を伝えるとき、「矛盾したメッセージ」を送るとどうなるかという実験では、興味深い結果が導き出されている。受け手に及ぼす影響は、言語情報が7％、聴覚情報が38％、視覚情報が55％だったのだ。ここから考察できる重要な点は、好意(あるいは反感)を伝えるコミュニケーションにおいて矛盾したメッセージを送った場合、声のトーンや身振り手振りといったノンバーバルな情報が重視されるということだ。たとえば、「ありがとう」という言葉を相手の顔を見ずに反抗的で怒った口調で伝えると、好意や感謝という情報よりも、「顔も見ない」という身振りや「怒っている」という声のトーンのほうが伝わりやすいということだ。

介護現場でこんな場面を見たことがある。入所者の方がいろいろと自分に起こったうれしい出来事を施設職員に話しているのだが、職員は「ああ、それはよかったですね」とニコリともせず、相手のほうに向くこともなく忙しそうに応えていた。これを法則に照らし合わせると、この方には職員の忙しさや冷たさのほうが伝わってしまうということである。法則を持ち出さなくても、介護現場でなくても、フェイストゥーフェイスで話をしているとき、目を合わせず受け答えをしている相手からは、どんな美辞麗句を並べられようと、自分が大切に扱われていないと感じる。メラビアンがいう「三つの要素がそろう」ということは、いくら言葉でうまいことを言っても、言葉以外のノンバーバルな他の二つの要素が一致していないと、本心は見透かされてしまうということである。介護現場や医療現場に限らず、人と人とが触れ合うとき、身振りや手振り、声のトーンといったノンバーバルなこの二つの要素こそ、言葉に「心を込める」とか、行為に「心を尽くす」ということに通じるのではなかろうか。

眼で聴き、耳で視る

「眼聴耳視《げんちょうじし》」という言葉がある。陶芸家・河井寛次郎氏の言葉だ。「眼聴」とは眼で聴くということだ。一般的に音や声を感じるのを「聞く」と書くが、「聞く」よりも注意深く耳を傾けることを「聴く」と書く。通常は眼では見るということになるが、この言葉では眼で注意深く聴くということになる。眼で聴くとは、先にあげたご両親がろうあ者の例がそれにあたると考えられる。眼で聴くとなると、イマジネーションを使って、その視覚情報に込められた情報を変換処理しなければならない。メラビアンの効果的なコミュニケーションの要素の一つである身振り手振りなどの視覚情報を、把握できる言語のような情報に変換しなければならない。つまり、「眼聴」とは注意深くしっかりと見つめることで、心の声を聴くということになるのではなかろうか。

次に「耳視」だが、これは耳で視るということだ。一般的に視覚で認識することを「見る」と書くが、「視る」と書く場合は「見る」よりもまっすぐに目を向けたり、注意して見ることを指す。通常は耳では聞くということになるが、こちらは耳で注意深く視るとされる。長崎の離島の小学校で教師をしている元同僚から聞いた話がある。授業をしていると、毎朝教室に届く船のエンジン音を聞いて、子どもたちが「この音は父ちゃんの船だ！」とか、「あっ、父ちゃんが港を出て行く！」「じいちゃんが漁から帰ってきた」と言い始めるのだそうだ。中には汽笛の音を聞いて「今日の父ちゃんは元気がないなあ」と言う子までいるという。エンジン音や汽笛という言葉ではないものから船を判別し、父親の体調まで聞き分けている。耳で視る場合も、イマジネーションを使って、その聴覚情報に込められたものを変換処理しなければならない。たとえば、声のトーンやしゃべるスピード、口調など耳から入る情報を視覚や言語のような情報に変換することになる。つまり、「耳視」とは注意深くしっかりと耳を傾けることで、相手の様子を見るように感じることといえるのではなかろうか。

人の後ろに隠れる物語

言葉がなくなってしまった母は、言葉が引き算されていく状況下にあった。そんな母を見つめながら、心の叫びを常に聴いてきた。母から引かれた言葉の分を、私のイマジネーションを使って足して補ってきたのだ。「眼聴」である。動かなくなってしまった母は、動きが引き算されていく状況下にあった。そんな母を前に目を閉じて、意味をなさない叫びを聞きながら、まぶたの裏に母の姿の像を結び、見つめてきた。引かれた動きの分を、自らの心の中でイマジネーションを使って足して補ってきたのだ。「耳視」である。

これは写真から情報を抜くことにとてもよく似ている。たとえば白黒写真だ。白黒写真は一見、色という情報を抜いているように見えるが、色が抜かれた分だけイマジネーションが働き、それを補う情報が見る側には生まれてくるのである。白黒に限らず、写真というものは被写体から情報を抜いたものである。瞬間を切り取られた1枚の写真には、本来は時間が流れている。シャッターが切られた瞬間に至るまでの時間とその瞬間からたどるだろう時間だ。たとえば、海辺を自転車で走る二人の少年の写真。そこに至るまでには各々に少年の育った日々があり、二人は出会い、今日の約束をしてこの写真にたどり着く。そして、この後、二人は別れ、家庭に帰り、それぞれの日々を暮らしていく。そんな物語が1枚の写真の後ろに隠れているのだ。

教育学や心理学には、ナラティブ・アプローチ（narrative approach）という言葉がある。ナラティブ（narrative）とは、「物語」「話」という意味だが、始めと終わりや筋があり、固定的であるストーリー（story）とは少し違って、始めも終わりもなく語られる物語だ。つまり、ナラティブ・アプローチとは、直訳すると「物語」による働きかけである。認知症の母へこのナラティブ・アプローチをあてはめると、母には母の人生が物語としてあり、（話すことができるならば母の語る話を頼りに）その物語を知り理解することを通して、母との共感を図っていこうとするものになる。認知症という病気を通して母を見つめて、介護やケアを考えるというアプローチではない。母そのものを見つめて、その後ろに広がる人生を物語として読み解くことによって介護やケアを見つめ直す方法だ。1枚の写真の後ろに隠れている時間や物語を感じることとどこか似ている。

母が徘徊していた頃の写真がある。日付を見ると、長年連れ添った父がちょうど亡くなった頃。この写真へ至るまでに母の人生がある。生まれ、青春を過ごし、父と愛し合い、兄や姉、私を生み育て、父と人生を歩んできた母の人生がこの写真の後ろには広がっているのだ。当時の私は、母の物語など理解しようとしなかった。仕事が忙しくて、そんな気持ちの余裕なんてなかった。認知症という病気ばかりが気にかかって、徘徊をやめさせることばかり考えていた。私は、母に寄り添って歩いたり、母に父との思い出話をしたりするどころか叱ってばかりいた。でも、母の頭の中には父との楽しかった物語が広がっていたに違いない。この写真を見ると、母の人生を理解しようとしなかった自分自身の姿もくっきりと見えてくる。一方で、その後、母と歩みながら母を受け入れていった日々もまたはっきりと思い出す。

〝Less is more.〟ドイツ出身の建築家ミース・ファン・デル・ローエの言葉だ。「より少ないことは、より豊かなこと」とでも訳そうか。この言葉に触れるたびに母と私の関係のようだと思う。認知症が進み、言葉が少なくなっていくにつれ、母の言葉を補完するかのように私のイマジネーションはより豊かになっていったように思う。私は言葉ではないもので母とずっと向き合ってきた。母のなくした言葉をイマジネーションで私なりに補完して、24年間、母を眼で聴き、母を耳で視てきたのだ。つまり、まなざしを向け、目でしっかりと見つめることで、母の言葉にならない心の声を聴き、目を閉じて言葉にならない叫びに耳をすませてきたのだ。

存在に耳をすます

介護を始めた頃は、母の心などわかるはずがないし、私のことを母がわかるわけがないと思っていた。側にいても母を見つめるなんてことはまったくなかった。そんなある日、母が肺炎で入院した。私はベッドの横に椅子を置いて、パソコンの画面とテレビの画面を見て過ごしていた。すると、「息子さんが来るとうれしそうね」と看護師さんが言った。ふと振り返ると、母が私を目で追っていた。よく見つめてみると、母は目をぱっちりと開けたり、きょろきょろしたりといろいろな表情があった。指や身体のかすかな動きもあった。目を向けると、耳も母のほうを向くことになる。母が小さなうなり声をあげていることに気がついた。

私はこの小さなうなり声を10数年毎日聞き続けた。そうしているうちに、あるときは「ウー」であり、あるときは「ビャー」であり、あるときは「ギョー」とさまざまな音があり、違いがあることに気がついた。ある日、いつもと違う甲高い叫び声をあげるので、医師に伝えた。調べてもらうと、虫歯だった。またあるときは、いつもと違う大きな声を聞いたので、布団をめくってみると足が重なり赤くなっていた。慌てて足と足の間にクッションを挟んだ。大小便をしたときにあげるうなり声もわかるようになった。やがて、今までは同じ叫び声だと思っていたものがどれも違うものに聞こえてきた。言葉がなくても母のことがわかるかもしれないとまで思うようになった。耳でなくても見つめることで、心の叫びを聴くことができる。眼でなくても、叫びに耳を澄まして見えない姿を見ることができる。私はあまりにも言葉に頼りすぎて、目の前の母を見つめるのを忘れていたと思った。言葉に頼るあまり、言葉以外のノンバーバルな情報を見落としていたのだ。

言葉のある人間に対しては耳をすませばよいが、母のように言葉を失った人間には、その存在に耳をすまさなければならない。存在に耳をすますとは、相手にまなざしを向け、しっかりと見つめ、その手を取り、そのぬくみを感じることなのだ。父のまなざしも、優しさを母に伝えているものとばかり思っていたが、実はノンバーバルな思いを伝えると同時に、母のノンバーバルな情報も受け取ろうとしていたのではなかろうか。

私は母の存在に耳を澄ませながら母をわかろうとしてきた。それでも、言葉のない母の心の本当のところは最期までわからなかった。河井寛次郎氏の言葉には「心刀彫身《しんとうちょうしん》」という言葉もある。心の刀で身を彫っていくこと。わからないけれども、言葉のない母の心をわかろうとしてきた20数年間だった。盆も正月も実家に帰らず、母の誕生日もよく覚えていないうえに、母と旅行した記憶などまったくないようなこんな息子が、やがて母に愛を向け、母を思いやるようになった。時間をかけて、私は心の刀でこの身と自分自身の人生を彫り出してきたのではないかと思う。

文献1
エドワード・T・ホール著、日高敏隆・佐藤信行共訳『かくれた次元』みすず書房、1970年

文献2
大井玄『「痴呆老人」は何を見ているか』新潮社、2008年

文献3
アルバート・マレービアン著、西田司他共訳『非言語コミュニケーション』聖文社、1986年

6

母の存在を感じる

母の存在を感じる

「らしさ」とは

一般的に、その存在がどのように思われているかを指す言葉が「らしさ」である。散髪に行く暇がなく、ぼさぼさ髪で講演に行ったときのこと。「この次は髪を切って来ますから」と言うと、「ぼさぼさのほうが詩人らしくていい」と言われた。まだ自分のことを詩人と名乗っていいかどうか自信のない私はとてもうれしかった。また、教師をしていたとき、「教師らしさに欠ける」とよく言われたが、教師を辞めてからは「教師らしい物言いだ」などと言われたことがある。この「らしさ」の中に、詩人や教師の一般的イメージが集約されているらしい。

覚せい剤取締法違反の罪で起訴された元女優のSさんが介護の仕事について勉強したいと言った。Sさんが心からそう願っていたのかもしれないし、法廷での戦略だったのかもしれないが、ここで明らかになったのは「介護」という職業の一般的な見られ方である。つまり、「介護職らしさ」とは、「善意」や「優しさ」「愛」「利他」などと結びついている。一方、実際の介護現場では、忙しさ、よだれの臭いや汚物、自分のイメージどおりに動かないお年寄りへの苛立《いらだ》ち、普通の会話が通じないジレンマなどで、感性が豊かな介護職の人ほどいたたまれなくなる。介護の日常にきれいごとは通じず、介護職らしさである善意や優しさ、愛、利他なんて跡形もなく吹っ飛んでしまうのだ。

沖縄に講演に行ってこんな人に会った。介護施設で働いていたその女性は、肉体的にも精神的にも疲れ果ててしまい、退職後はＩＣチップ工場に勤めた。１年間、小さなＩＣチップを機械に入れる作業をしていたが、作業中は人との会話がまったくない。結局、人と接したくなって、また介護施設に戻ったそうだ。「介護施設で働くというのは、辛いことも苛々することもいっぱいあるけれども、おじいちゃんやおばあちゃんにまた会いたくなったんです」と、彼女は命に寄り添う仕事に再び魅力を感じたとのことだった。また、こうも言っていた。「ＩＣチップを落として破損させてしまうと５００円ぐらいで済むけれど、お年寄りの介助のとき、その身体を落とすわけにいかないんです。命だから、その重みが違うんです」と。その命の重みを喜びと思える彼女に「介護職らしさ」を深く感じた。

介護を外側から見ているだけでは大変さもわからないが、喜びもわからない。その人が介護というものをどうとらえて、お年寄りにどのように接するか、そしてその仕事とともにどのように生きていくのか。つまり、職業とともに「その人らしく」生きているかどうかである。仕事とはイメージではなく、その職を通じてしっかりと生きていくことなのだ。私には「介護者らしさ」などまったくなかった。母の介護は父に任せっきりだったので、介護の技術は何も知らなかったし、認知症に関する知識も乏しかった。ただ、病気を抱え老いていく母を前に、悲しんだり、怒ったり、喜んだり、思案したりしながら日々をしっかり生きていくだけだった。母を介護しているというより、母と一緒に生きているという感じがしていた。だから、母にはたくさん迷惑もかけたが、私は私らしく母の命に寄り添うことができたのかもしれない。

存在を感じるということ

私は、母の介護に対して迷い歩みながら自分らしくやってきた。「自分らしい介護とは具体的にはどういう介護のことですか？」と聞かれたことがある。相手は「無理をせずにマイペースでの介護」という答えを期待していたようだった。私は、その期待に反して「介護をしているという感じではなく、歳をとった母を支えて一緒に生きているというだけです。支えるというのも少々大げさで、歩いていたときは母の手を取り、車椅子の生活になれば車椅子を押し、ベッドで横になる生活が長くなればベッドの横に何もしないで静かに座っている。そんな感じです」と答えた。

母という母船につながれた小舟のように、私は波に揺れ続けていたように思う。ときにその母船は徘徊する母であり、その後、その母船は車椅子に変わり、最後には大きなベッドに変わり、私はずっとその母船につながれて揺れ続けていたのだ。母は、亡くなる3～4年前から心房細動や肺炎、尿路感染による高熱を繰り返すようになり、療養型の病院に長期間入院することが多くなった。そのため、一番大きな母船であるベッドの横につながれた小舟のように、私は脇にある丸椅子に座って母に寄り添った。横たわる母に「お母さん！　お母さん！」と言っても、息子のことなどわからないのか、母は天井のほうを向いてまったく反応することもなかった。そのうえ、その病院では、風呂に入れるのも、オムツを替えるのも、ご飯を食べさせるのも、食後の口腔ケアもすべて職員の方がしてくれるので、私は何もやることがなかった。

ここにいて意味があるのだろうかといつも思っていた。もう明日から来るのはやめようかと思う日もあった。私は母が横たわるベッドの空いているところにパソコンを据えて、耳にはヘッドホンを付けてテレビを見やり、1～2時間に一度の間隔で「お母さん、大丈夫か？」と声をかけた。しかし、看護師さんの足音が聞こえると、何かやらなくてはいけないと思って、パッと櫛《くし》を取って母の髪の毛をといた。医師の足音が聞こえると、母の手をすかさず握って歌を歌ったりした。意味がないと思いながらも、人の目は気になった。何かをやることが介護だと思っていた。何もしないで座っていることに罪のようなものを感じていた。私は母という凪《な》いだ海に映る自分の姿をじっと見つめて、人の目がなかったら私はこんなに親身になって世話をするのだろうかと考えた。せめて私が側にいることを母にわかっていてもらいたいと思った。

そんなとき、ホスピスで仕事をしている友人からこんな話を聞いた。友人は末期の癌であと1週間か10日ぐらいしか命がない患者さんの担当になった。命が短いということを本人も知っていた。その患者さんに友人が「何かしてあげられることはありませんか？　何かやりたいことはありませんか？」と聞いた。すると、死を目の当たりにしているその人は「何もいりません。ただ家族の気配をしっかりと感じておきたい。背中を向けて新聞を読んでいてもいい。テレビをじっと見ていてもいい。私の目の届かないところでホスピス中をうろうろしていてもいい。隣の部屋で寝ていてもいいし、私は最期に家族の気配をしっかり感じておきたい」と言った。その話を聞いたときに、もしかして母は私のことはわかっていないけれど、私の気配を感じているのではないかと思った。

母は海のようで木のようで

母が私のことをわからなくても、私の気配を感じているのならば、母の命にしっかりと寄り添ってみようと思った。私はパソコンで仕事をする時間を少なくした。ヘッドホンを外して、テレビは見ないようにした。そうして、ただ母の横にしっかりと座ることにした。それまでは何もやることがないと思っていたが、二つだけやることがあった。一つは母にまなざしを向け、しっかりと見つめることだ。もう一つは手を握ることだ。母の手を両手で包み込む。

母との間では言葉や意味というものが役に立たない。言葉のない母と向かい合うとき、私も言葉を捨てなければならない。何かを感じている母と向かい合うときは言葉や意味に頼らず、私も感じなければならない。海を前に瞳を閉じて、波音を感じているときのようだ。ベッドに横たわり、私を静かに見つめる母もまた、この海のようだと思う。意味のある言葉を話すわけでもなく、意味のある動きをするわけでもない。ただ苛ついたり、悲しんだり、怒ったりしてドタバタしている私の姿を、母はその瞳にそのまま映しながら横たわっている。諭すわけでもなく、ほめるわけでも叱るわけでもなく、ただそこにいる。そんな母を見つめながら、自分の心のことを考えている私に気がつく。言葉を超えて母を感じようとすればするだけ、自分の心がくっきりと見えてくる。感じるということは言葉を捨てることだ。心の邪魔をしている言葉を掻き分け、本当の心にたどり着き、心の中に静けさを見つけ出すようなものだ。私は母を感じながら母を通して、この心を見つめている自分自身に気がつく。

「海よ、僕らの使ふ文字では、お前の中に母がいる。そして母よ、仏蘭西《ふらんす》人の言葉では、あなたの中に海がある」（文献**1**）。三好達治の詩集『測量船』の中の詩「郷愁」の一節である。「海」という文字の中には、確かに「母」という文字が入っている。また、フランス語で、「母」は**mère**《メール》と表記し、「海」は**mer**《メール》と書く。同じ発音だというのも面白いが、**mère**（母）の「**è**」をとれば、**mer**（海）になる。つまり、日本語では海の中に母がいて、フランス語では母の中に海があるというわけだ。海には無論、言葉はない。私の母もまた言葉を失ってしまったが、言葉では伝わらないことを私に教えてくれている。

この世に抗《あらが》うことなく静かに私を見つめる母の瞳を、どこまでも穏やかに広がっている海と重ねる。凪いだ海には、この世のすべてがくっきりと映る。空も山も雲も月も太陽も、そしてこの私の顔もそのまま映るのだ。認知症の母を前に私はいつもじたばたしている。母はそんな私を海のように静かに見つめている。凪いだ母を通して、自分の姿がくっきりと見えてくるのだ。

「海容《かいよう》」という言葉がある。海のような広い心をもって人を許すこと。広く物を容れる海の姿から想起された言葉である。許し合うことで、人は一つの海になっていくのかもしれない。海に真っ青な空がくっきりと映り、海と空とが一つに解け合う風景が目に浮かぶ。海容の「容」という字には、「受け入れる」という意味もある。母という海は、認知症という病気を受け入れ、できの悪い息子を受け入れて、ますますその生の青さを深くしていった。言葉はなくても、人はその姿で人を育てていくこともできるのだ。

母の手を握り、まなざしを向けて静かに寄り添うと、天まで届くような大樹も思い出す。私は山の中の小さな街で生まれた。幼い頃、多くの木に見守られ育った。泣きたいときは1本の大きな木にしがみついて泣き、うれしいときは見上げて笑った。今でも時間を見つけては森へ行く。木の根本に腰掛け、木を見上げ、ときには抱きしめる。大きなエネルギーを感じる。存在を全身で感じる。言葉ではなく、存在が何かを教えてくれる。言葉で伝わるものよりも深く、広く、強い。木に包まれ、私の心は打ち震える。たまに畏《おそ》れのようなものを感じることもある。

母も1本の大樹のようだと思う。何かをするわけでもなく、ただそこにいて言葉ではないもので私を抱き、言葉ではないもので私の心を支え、言葉ではないもので勇気づけ、前へ進ませてくれる。人はそこに存在するだけで大きな意味をもつことを教えてくれる。あまりにも言葉に頼りすぎた自分に気がつく。そうして私は、言葉で飾らなくても、言葉で言い訳をしなくても、ここに存在しているだけで意味があると思えるようになった。この木偶《でく》の坊《ぼう》のような私でも、ここにいるだけで誰かの役に立っているのかもしれない。ただただ嫌いだった自分のことを少しずつ受け入れることができるようになった。

「木偶」とは木彫りの人形のことだ。人は木で器を作り、道具を作り、船を造り、燃料として燃やし、家を造ってその中で暮らしてきた。木は物質的にも精神的にも我々を包み込み、支え続けてきたのだ。役に立たない木偶の坊といわれようとも、母という木から彫り抜かれた私もまた木の一部なのだ。無駄なわけがない。「木静かならんと欲すれども風止まず」という言葉もある。親木は静かになろうとするけれども、風が止まないのでどうにもならない。親孝行しようと思い立ったとき親はいないことの喩《たと》えであり、親のいる間に孝行せよとの意味だ。木も認知症の母も言葉を超えて口をそろえて私に小言を言っているようで耳が痛い。

マニュアルを超えて

身体を動かすことができず、言葉もなく意思表示がうまくできない認知症の人がいる。手が身体とベッドの間に挟まり、身動きができない。この人の心の痛みがわかるだろうか。この問いに対して、ある介護職の方は、「うちの施設では見回りを強化して、そういうことがないようにマニュアルがありますから、そんなふうに苦しむ方はいないんです」と言った。もちろん、そうしたマニュアルを用意しておくのは大事なことだ。一般的に、状況をふまえて仕事が平均的にスムーズに行え、問題が起きないようにマニュアルは用意されている。しかし、マニュアルに従って挟まった手を解いてあげる前に、それに気がついた人が自分の心の痛みとして感じているかどうかが肝要だ。マニュアルで手を解いてあげる行為と、その人の痛みを感じて手を解いてあげる行為は外側から見たらまったく同じだが、本質的に違うのではないかと思うのだ。

言葉、方法、技術、マニュアルなどを超えて介護される側の存在を感じ、その心を感じ、人間そのものをしっかり見つめているかどうか、介護の質に関わる重要な問題だと思う。「心」は「うら」とも読み、「裏」と同語源だ。心というものは身体や言葉に隠れて、表に見えないものの意味なのだ。心が裏ならば、表は身体や動作、言葉ということになる。オムツを替えたり、食事をさせたり、話を聞いてあげたりと、介護とはこの「表」の分野のように思われがちだが、その一つひとつの「表」には、必ず一つひとつ「裏」があるのだ。つまり、身体の奥底には心があり、動作の源には心が隠れ、言葉の後ろには心が蠢《うごめ》いている。行為には必ずそれが現れる前に心や思いがあるのである。

日本人は一般的に真面目なので、マニュアルがあるとそれを守ることが是《ぜ》になり、それに頼りきり、本来は手段であるはずのマニュアルが目的化してしまう。マニュアルどおりに動くことで安心しきってしまい、マニュアルの背後に本来の人間尊重の姿勢がいつの間にか隠れ、薄れて見えなくなる。また、マニュアルどおりにいかない場合、自己の人間性の回復ではなく、マニュアルに当てはまらない対象を否定してしまいかねない。

介護現場などでとても効果を上げ、注目されている「ユマニチュード」というケアメソッドがある。これによって、介護や医療現場では、人のケアをするということが仕事であると同時に、人と人との触れ合いであることを再確認し始めた。ユマニチュードには「人間らしさ」を主眼に据えて、まなざしを向け、触れ、話しかけるためのいろいろなマニュアルが用意されている。

しかしながら、マニュアルに隠れてこの「人間らしさ」を失うことのないように願う。人と人とがその尊厳を重んじながら接していくという行為は、本来は細分化され、マニュアル化されるべきものではなく、人が本来もっている「人間らしさ」によるものである。その核になる人を思うという心がない限り、このマニュアルは意味をなさないように思う。つまり、ユマニチュードのマニュアルは、この人と人との本来のつながりを回復するものであって、自分の思いどおりに、自分の仕事をスムーズに遂行するためだけにそれを取り入れてはならない。また、それを効率的にケアを行うための道具とするならば、そのケアはいつか支障をきたすことになる。

多忙な介護の現場において、そんな悠長なことは言っていられないというのは無論わかっている。ただし、命と命が向き合う場においては、その行為が相手を思いやる心を核としているかどうかが、相手にその行為がうまく伝わるかどうかの一番重要な部分である。回り道で時間がかかりそうだが、それが相手に行為を効果的に伝える最短の道であるように感じるのだ。それこそユマニチュードという方法が一番伝えたいことではなかろうかと思う。

マニュアルというものは、本来多くの事例から導き出された効果的な方法である。その意味で、介護において自分が抱えている問題や躓《つまず》きを乗り越えるための答えをマニュアルに求めてしまいがちだ。しかし、それらを解決するために、介護の対象となる人や問題、躓きそのものを見つめることを忘れて、マニュアルに答えを求めるのは本末転倒である。その人とその問題、躓きをしっかりと見つめることの中にすでに答えや方法は内包されていて、見つめる人と見つめられる人との間に浮き出てくる。その一つひとつの答えの集積がマニュアルなのである。

文献1

三好達治『測量船』講談社、1996年

7

月の介護

月の介護

時間の流れの違い

ずっと母の時間はゆったりだった。それに引き替え、私の時間はというと、いつもバタバタと慌ただしく、とても速く流れていた。これからこなさなければならない仕事のことや用事ばかりが気になり、母との時間に集中できることはなかった。特に食事のときなどは母を急がせた。早く食べてよとか、なんでそんなにゆっくりなんだとか、私はいつも苛立《いらだ》っていた。そんなとき決まって母は大声を出して食べるのを嫌がったり、いつもより時間がかかったりした。母と私の時間の流れる速さが違っていたのだ。時間の流れの速さが違うとき、いつも不快な思いをするのは遅いほうだ。

ある年の師走に、出版社の編集者に電話をかけたときのことだ。丁寧に応対してくれるものの、いつもなら私の無駄話に付き合ってくれる編集者も、上の空で電話を早く切りたがっているようなのだ。年末となればどこの会社も忙しいというのはわかっているのだが、こっちは数件の講演と数本の原稿を終えれば仕事納めの暇な身で、時間の流れが違うというのはこういうことかとしみじみ感じた。相手と時間の速さが違うというのは、そこにどこか居心地の悪さを感じる。裏を返せば、向き合う相手の時間の流れと自分の時間の流れを同じ速さにすることが、居心地のよい空間を作ることになる。

認知症の母に向き合うときも同じことだ。命に寄り添うということは、その人の時間の流れに寄り添うことなのだ。母の手を取り、まなざしを向け、何もせず母の側に座る。母のゆったりとした時間に自分の時間を合わせる。ああ、この「今」というときを一緒に生きていると感じる。一般に、人と人とが時間の速さを合わせるのは容易なことではなく、介護においてはなおさらのことである。しかし、向き合うそのときだけでも、相手の時間の流れに乗りたい。それが、その人の心を理解するとか、相手を中心に考えるといったことと同じくらい大切だと思うのだ。流れる時を合わせるということは、過去や未来ではなく、この「今」をその人と生きるということだからである。

月の介護

何かをすることが介護だと思っていた。オムツを替えたり、食事をさせたり、風呂に入れたり、口の中のケアをしたり、母が生きていくために何かをすること。それはまるで光を放ち、芽吹かせ、花を咲かせ、実を実らせ、世界を照らし、生命を育てる太陽のようだ。太陽の介護だ。それに引き替え、母の側にじっと座って、何もしないで、何の役にも立たず、寄り添う私は月だ。人知れず静かに昇り、太陽が沈むとふとその姿を現し、ただ見つめるだけの月だ。月は照らすわけでもなく、育てるわけでもなく、ただそこに静かにいて、淡い光を投げかける。見上げても月は何もしてくれはしないけれど、ただ黙ってすべてを受け入れて、人の心に寄り添ってくれる。それだけで安心し、ホッとする。母の手を取り、まなざしを向け、何をするでもなく月のように母の命に向き合う。これは月の介護だ。

母の側にいなくとも、命に関わることはない。しかし、母の命を静かに慈しむ。ひんやりした母の手を握ると、私の温かさが伝わる。そして、握り合った手はいつの間にか同じ温かさになり、どんどん温かくなっていく。伝わっていくものがある。伝わってくるものがある。私の命が母の命を深く静かに愛おしみ、母の命が私の命を深く静かに愛おしむ。

母のために何かしなければならないと、常に肩に力が入っていた。何かをしながらいつも小言ばかり言った。「お母さん、何でこんなことができんとね」とか、「がんばらんといかんよ」とか。いつも苛ついていた。「俺のお母さんだろう」というのが口癖だった。母は、いつも困った悲しい顔をした。しかし、こんな私にも心の中に月が昇ってくれたおかげで、静かに母を見つめることができるようになった。介護だとか認知症だとか、あまり大げさに考えなくなった。ただ年老いた母とそれを支える息子がいるだけ。普通にある当たり前のことをしているだけ。その何もせずに寄り添うだけの行為の中にこそ介護の本質があるのではないかとも思った。

時間の密度の違い

施設から帰った後、私が出て行った扉を見つめ、その前に2時間も立っていた母のことをよく思い出す。身体が動かなくなってから1日中ベッドに横になり、病院の天井をずっと見つめながら私が来るのを待っていた母の寂しそうな瞳も思い浮かぶ。

時間には、速さの違いだけではなく密度の違いがあるのではないかと思う。私と母が会うときまでの両者の時間の密度の違いである。私を待ち続ける母と、その間は母のことを忘れ、慌ただしく仕事をこなす私とでは、時間の密度に明らかに違いがあるのだ。

施設へ行くと、車椅子に座って毎日エレベーターを見つめているおばあちゃんがいた。職員の人に事情を尋ねると、2か月に一度会いに来る息子さんを待っているのだそうだ。私が話しかけると、「息子はとても優しい子なんです。息子は社長で忙しい子なんです」と、いつも答えは決まっていた。ある日、玄関に姿が見えないと思ったら、息子さんが来ていた。息子さんの押す車椅子に乗ったおばあちゃんは、誇らしげな満面の笑みを浮かべていた。20分ぐらいだったろうか、施設の中を1～2周して息子さんは帰っていった。次の日、おばあちゃんはいつものようにエレベーターを見つめていた。あの20分のために、また2か月間待ち続けるのだ。息子さんも仕事の忙しい中をぬって母親に会いに来ているのだろうが、おばあちゃんの20分と息子さんの20分の密度は明らかに違う。息子さんにとっては仕事帰りの一コマだが、おばあちゃんにとっては永遠の20分なのである。

私は母のことを思った。仕事を終えて夕方に訪ねるまで天井を見つめて私を待ち続ける母。母の見えない心の部分を深く感じることができた。言葉や動きがないぶん、母の心はとても研ぎ澄まされているにちがいないとも思った。言葉に振り回され、忙しさにかまけている私に対して、母の心は豊かに広がっていて、この世界を深く感じているのだ。認知症という病気が進んでも、心はしっかりと生きているという当たり前のことをあらためて感じた。しかし、動くこともなく、伝える言葉もなく、楽しみもなく、1日中じっとベッドの上で天井を見つめている母のことを思うと申し訳ない気になってきて、私は母のことは考えないように自分をごまかしていた時期があったのも事実である。

母に言葉がなくてよかった

認知症の父親の座る車椅子を娘さんが押していた。段差に乗り上げて、父親が車椅子から落ちそうになったときだった。彼は振り返り、娘さんの頭を拳で殴って、「コラ！　バカヤロウ！」と大声をあげた。娘さんは背中を優しくさすりながら何度も謝ったが、父親は怒ってブツブツ言い続けていた。その様子を見ながら、私があの娘さんだったら父親の態度を許すことなどできず喧嘩になっていたかもしれない。母に言葉がなくてよかったと思った。

こんなこともあった。母の隣に90歳くらいの認知症のおばあちゃんが入院してきた。60歳ほどの娘さんが介護をしていた。おばあちゃんが眠りについたので、娘さんは起こさないように静かに立って帰ろうとした。病室を出るその瞬間だった。おばあちゃんがパッと目を開けて言った。「わしゃ死ぬんやろう。死ぬけん、あんた帰るとやろう。帰れ、帰れ、帰れ、帰れ」。すると、娘さんが「そんな元気のいいばあちゃんが死ぬはずがなかよ」と言って、ベッドのところまで戻ってきて、また二人で話を始めた。やがておばあちゃんがすっと眠ったので、娘さんは再び帰ろうとした。ドアを出る瞬間に、おばあちゃんはパッと目を開けて「わしゃ死ぬんやろう。死ぬけん、あんた帰るとやろう。ああ早く帰れ、帰れ」と言った。娘さんは「そんな元気のいいばあちゃんが死ぬはずがなかよ」と言いながら戻ってきて、またまた二人で話を始めた。

この一連のやりとりは10数回繰り返された。言葉があるというのは大変なものだと思った。その後、おばあちゃんが眠ったので、「後は私が見ていますので、大丈夫ですよ」と声をかけると、娘さんは静かに帰っていった。ああ、よかったと思っていたら、おばあちゃんが目を開けて、今度は私のほうを向いて「私は死ぬんやろうか？」と聞いてきた。何とも答えようがなくて、「いや、死なないと思いますよ」と言ったら、その会話を娘さんが廊下で聞いていたのか再び帰ってきて、今度はベッドにうっぷした。「ばあちゃん、私はこれから家でやらなくちゃいけんことがいっぱいあるんよ。ずっとここにおれんのよ。許して。許して。もう許してよ」。娘さんは涙混じりに訴えた。

私の場合、後ろ髪を引かれる感じはいつもあったけれど、母に言葉がないのをいいことに、いつも面会時間が終わると、「じゃあお母さん、また明日」と言って、母の心を覆い隠すように病室のドアを閉めた。母にもしも言葉があって「幸之助、帰らんで私の側にいてくれ」とでも言われたら、私も帰ることはできなかったかもしれない。

言葉を翻訳する

講演後の控え室に、初老の男性が話を聞いてほしいと訪ねてきた。母親が認知症で、失禁が増え、紙オムツをすることになったという。息子さんは、母親を横にして初めてオムツをはめた。母親は頭だけをもたげて、自分のオムツを替える息子の様子を見ながら「こんなになってしまった。お前にこんなことさせてごめんな。ごめんな」と言って泣き出した。「お前にこんなことさせるまで長生きしてごめんなさい。ごめんなさい」と謝った。息子さんは度を失って、オムツを替えながら一緒に泣いたそうだ。

そういえば、母が紙オムツを初めて着けた日、母は困った顔をしてカッカカッと笑っていた。「お母さん、しょうがなか。よく似合う。よく似合う」と私も一緒に笑った。それからも、オムツを替えるときはいつもカッカカッと笑ったので、ときには「こんなに臭かウンコをして、俺にこんなことさせて何で笑うとね」と叱ることもあった。母にも言葉があれば、前述の母親と同じことを言い、泣き出したかもしれない。カッカカッという笑い声は、いろいろな思いが詰まった母の心の叫びではなかったのか。言葉がないというだけで、母の心を踏みにじってきたような気がした。

「悲しみ」という言葉は、「悲しさ」と少しばかり違う。「重さ」と「重み」で考えるとわかりやすい。赤ちゃんの「重さ」となれば何千グラムとなるが、赤ちゃんの「重み」となると、赤ちゃんを抱いている者の感覚や思いが含まれている。このように、「～さ」は相対的かつ客観的な表現だが、一方、「～み」が付くと感覚的で主観的な表現に変わる。つまり、「悲しみ」とは、それを抱いている人が感じ、その人にしかわからない悲しさなのだ。オムツを替えられる母親の「悲しみ」を知り、あの息子さんはいたたまれなくなり、私のもとを訪れた。私もその話を聞くまでは、母にしかわからない「悲しみ」に気づくことはなかった。カッカッカッと笑っていると思っていたのだ。言葉のない母の本当の思いに私は寄り添っていただろうかと後悔した。

「悲しみ」があれば「寂しみ」がある。病院で母と同室の認知症のおばあちゃんが日も夜もなく1日中「お願いします。死なせてください」と言っていた。看護師さんが来ると必ず「お願いします。死なせてください」と口にする。看護師さんが母の世話をしているときも、背中越しに「お願いします。死なせてください」と言う。ときには私や母にも「お願いします。死なせてください」と。これがいつも私の気に障った。看護師さんが止めさせようと、「さびしい言葉ね。それはできないのですよ」と諭し、私は「病院は生きるところですから元気になりましょう。死ねないんです」と腹立ち紛れに言った。それでもおばあちゃんは、「いや、できるはず。死なせてください」と繰り返すばかりだった。

ある日、「息がきついのよね」と看護師さんが優しく言うと、「はい、きついんです。死なせてください」とおばあちゃんは言った。「さびしいのよね」と声をかけると、「はい、さびしいんです。死なせてください」と言って、それからその日は一言もしゃべらず安心したように眠った。看護師さんが言うには、おばあちゃんのところに家族が見舞いに来なくなってもう2年にもなるとのことだった。

翻訳とは、ある言語で表現された文章を他の言語に直すことだ。認知症の人の言葉や病気を患っている人の言葉にはいろいろな心の叫びや思いが違う形で入り込んでいる場合があるので、感性で翻訳して聞かなくてはいけない。「死なせてください」とおばあちゃんが言ったら、「ああ、死にたいのですか。死にますか」ではないのだ。看護師さんが翻訳したように、「死なせてください」という言葉は、このおばあちゃんにしかわからない「寂しみ」なのである。「さびしいのです。誰か一緒にいてください。生きていたいのです」なのである。言葉をきちんと翻訳しながら聞く必要性を、言葉がない母の物語を否定してきた私が深く認識した出来事だった。

誰にも聞いてもらいたい叫びがある

「死なせてください」と繰り返すおばあちゃんのように、その言葉が直接的で正確な表現でなくても、人は誰かに心の叫びを聞いてもらいたがっているのではなかろうか。これは認知症の人に限ったことではなく、自分の中にある叫びを吐き出す場を探しているのではないかと思う。つまり、その人をまるごと聞いてもらえる場とでも言おうか、そんな場が必要だ。「悲しみ」や「寂しみ」というその人にしかわからない思いというものは、言葉にできず心に湛《たた》えられている場合が多いからである。

小学校の教員をしていたとき、老人ホームに研修に行ったことがある。母が認知症になる前のことなので、認知症のことも介護のことも専門的なことはまったく知らなかった。何をするかといえば、職員の手伝いというより、入所者の相手をしてくれということだった。相手といってもやることがないので、話を聞くことにした。私が話しかけると、数人の方が若い頃のことや家族とか故郷の話をしてくれた。1日中、聞き役に回った。長い人になると、

1時間以上話し続けた。人の話を聞くということは、自分の口を噤《つぐ》むということ。私は、何をするということもなく、ときに相づちを打ち、合いの手を入れながらただ黙って話を聞いた。施設を去るとき、話し相手だったお年寄りが私のところに来て、涙をためながら「こんなに楽しかったのは久しぶりだ」と言った。

ここの人たちは、職員に介護してもらってはいるが、話を聞いてはもらっていないのだと思った。食事の介助や下《しも》の世話などはとても重要なことだが、入所者にとって、それと同じくらい話を聞いてもらうのは重要なことだろう。入所しているお年寄りに限らず、人は話を聞いてもらいたがっている。そのとき教師だった私はこうも考えた。こんなに親身になって子どもたちの話を聞いてやったことがあったかと。いつも忙しさにかまけて、目も合わせずに相づちを打ち、適当に話を聞いていた自分の姿が浮き彫りになった。子どもたちをちゃんと見つめもしないで、一人ひとりの話も聞いてやれない中で、子どもたちのため、子どもたちのためと、いつも忙しくしている。何のための忙しさなのかと思った。この老人ホームの職員も多忙で、話など聞く暇がなかったのだろう。子どもや高齢者相手の仕事なのに、子どもや高齢者の心を置き去りにしているのかもしれない。そんなどうしようもないジレンマとともに深く考え込んだのを覚えている。

話を聞くということは、口を噤み、自らの話や自分のことを一時棚上げすることなのだ。つまり、今は自分のことよりあなたのことを大切にしています、あなたに関心をもっていますよと伝えることである。また、あなたを受け入れていますよと伝え、その人のために時間を使うことに他ならない。家族から離れて施設に入ったり、入院したりしている人にとっては、話を聞いてもらうことが人や世界とのつながりを感じる唯一の入り口なのかもしれない。口を噤み、その人を感じること、それだけのことで救われる心がある。心の叫びを解放する場がそこにあるように思うのだ。

「死なせてください」を繰り返すおばあちゃんとは異なるが、「死んでしまいそうだから眠れない」と言う人にも会った。その人は、「私は生きてますか?」と何度もナースコールを押した。そして、「死にたくない。死にたくない」を繰り返した。この人の言葉は先のおばあちゃんのそれとは、とても対照的に聞こえる。しかし、表している心の叫びは同じだ。「側にいて私を見つめていてください。話を聞いてください」なのだ。

聞くことのできない現場

「傾聴ボランティア」というのがあるらしい。話を聞いてあげるボランティアである。「聞いてあげる」ことの重要性に基づく活動があることに、私は安堵する。しかし同時に、それがボランティアであることの危うさを感じる。ボランティアが専門家でないからということではない。専門家の仕事から「聞く」ということが切り離されているのではないかという懸念である。それは、忙しくて聞いてあげることができないという前提で、医療や介護の仕事が成り立っている危うさである。

言葉のあるなしにかかわらず、聞くということは相手を見つめることだ。相手を見つめることは自分自身をしっかりと見つめることにもつながる。そして、自分を見つめることは自らの心の声や叫びを聞くことでもある。病院も介護施設も学校も、「現場」と呼ばれるところはいつも多忙だ。その多忙の意味と内容をもう一度吟味するときがきているのかもしれない。「聞くことができない」ところに現場の問題が潜んでいる。これは、行政や政治に関わる問題でもあるので、私の出る幕ではないが、医療や介護現場の人手を増やし、一人ひとりの医師や看護師、介護職の負担を減らしていくしか方法はない。

8

消すことができないもの

消すことができないもの

介護と戦争

母がアルツハイマー型認知症とわかったとき、父は持病の心臓病を抱えていた。心臓の冠動脈が詰まり、バイパス手術をしたばかりの頃だった。あまり激しい運動はできず、身体障害者手帳と発作の薬を携帯しての暮らしだった。そのうえ、脳血栓で倒れたこともあり、満身創痍《まんしんそうい》の状態で母を介護していた。「お母さんの介護は、お前や兄ちゃんには迷惑かけんで、一人でやっていくつもりたい。自分の人生のまとめと思ってしっかりやるつもりたい」。私を呼びつけて父は言い、「お母さんのために残された命を生きる覚悟ばい」と付け加えた。私は助かったと思った。「お母さんは病気やけん、優しくせんといけんばい」と、私は形ばかりのことを言って、その場をやり過ごした。そして、それからいつも電話口で父に小言ばかり並べた。父は、最期まで私や兄に助けてくれとはひと言もこぼさなかった。

その日は8月15日、終戦記念日だった。父から戦争の話を聞いた。太平洋戦争の長期化と戦局の悪化で、その頃東京の大学に通っていた父も戦争に参加することになった。雨の降る明治神宮外苑陸上競技場での学徒出陣。父は、遠くに東条英機を見たそうだ。父は爆撃機に乗った。「国のために死ぬつもり」と覚悟したという。そして、飛行機が墜落し、肢体《したい》がバラバラになって死んでいった友人たちへの思いや、人を殺さなければならない苦痛、死にさらされる恐怖など、いろいろなことを語って、「戦争はいかん。戦争は絶対やっちゃいかん」という言葉で締めくくった。命をかけ、命を死にさらし、人の死の痛みに向き合ったその話には、言語に絶する重みがあった。

父は家計簿をつけていた。買ったものと金額、そして1日に使った金額の総計が記されていた。その総計は1か月ごとにまとめられ、次の月の家計目標が最後に書かれていた。「今も命がけたい」と父は言った。「今もお母さんの世話はなかなか大変ばい」と、テーブルの上にあったその家計簿の表紙をめくった。表紙の裏には「お母さんを幸せにするため」とあった。「こぎゃんふうに家族の命を必死に守った誰かが、お父さんの爆撃にさらされたかもしれんな」と、戦争など知りもしない息子に問いつめられ、父は口ごもった。母が苦しそうに大声を出した。父は「そろそろオムツかなあ」と言って、介護など何も知らない息子に見送られ、妻の介護という命がけの戦争の中にまた飛んでいった。

家計簿をめくると、広告が2枚ハラリと落ちた。1枚には、安いインスタント焼きそばとインスタントコーヒーに赤丸が付けてあった。もう1枚には、特価の紙オムツと一番安い口紅に赤丸があった。母のオムツを替えて戻ってきた父が、恥ずかしそうに「お母さんのためにお金を残しとかんといかんし、大変なんよ」と言って、その広告を家計簿にはさみ直した。「少しでも節約ばして、お母さんの病気を治す薬をアメリカに買いに行くつもりばい」とも言った。こんなうれしそうな父の姿を見るのは初めてだった。

父は何十冊もの認知症の本を読み、病気について知り、介護の仕方を学び、この薬にたどり着いた。当時、根本的治療法のない難治性疾患といわれるアルツハイマー型認知症の薬はアリセプトだけで、まだ日本では認可されていなかった。そのため、父はアメリカまで行ってそれを手に入れようとした。母の病気の進行を早く止めたいと焦っていたのだ。日本の製薬会社が作ったのに、なんでアメリカにまで行かないと買えないのかと不満げだった。かつて母を一人残し、爆撃機に乗って敵国に向かった父。この国のために死ぬ覚悟で飛び立った父。その父が、今度は介護という戦いの中で、母一人を命がけで守り抜くため、母と二人で生き抜くため、敵国行きの飛行機に乗りたいという。「50年前、敵だったアメリカに今度は助けてもらうとはなあ」と、父は冗談交じりに笑った。

微笑みと温度

「これまでお母さんには苦労のかけっぱなしだった。今度は俺がお母さんを幸せにする番たい」。父は何事においても母を第一に考え、大切にした。いつも「お母さーん！」と言いながら、母へ満面の笑みを送った。それに気がついた母は、父を見るや近寄って行って抱きつく。そして、長い間その場で何をすることもなく、抱き合ったまま二人で立ち尽くす。その二人の光景を初めて見たとき、私には何をしているかまったくわからなかった。母は認知症になってすぐの頃から言葉がなかったし、言葉がなければ心の本当のところは伝わらないし、わからないと思っていた私には、何もしゃべらず何かすることもなくただ抱き合う二人が無意味に見えた。しかし、この光景を何度も見るうちに、父と母は言葉を越えて何かを伝え合っているか、何かを確かめ合っているのではないかと思うようになった。

「お母さん、お母さん」と言いながら、父が微笑みながら母を見つめると、いつも母はうれしそうに微笑みを返した。父に愛され、受け入れられていると感じていたに違いない。受け入れられているという安堵感と、すべてを忘れ去ってしまう中でも父に支えられているという安心感を、母は父の微笑みの中に感じていたのではないか。何もかも忘れ、世界を認知できなくなり、疎外感や不安の中で生きる母にとっては、その微笑みが唯一の救いだったと思う。崩れていく自分を微笑みながら丸ごと受け入れてくれる父が側にいることは、どれだけ幸せなことだったか。

二人の間に交わされるこの微笑みを見ていて、人は幸せだから微笑むのではなく、微笑むからそこに幸せが生まれるのだと思うようになった。父は気づいていたに違いない。幸せは微笑みとともに与えるものだということに。

だから、心臓病を抱えて大変な状況にあるにもかかわらず、母を介護し、微笑みかける父はとても幸せそうだった。父の瞳は何か深いものを湛《たた》えた人間の瞳だった。「まなざし」と言う言葉を辞書で繰《く》ってみると、視線とは書いていない。ものを見るときの目の表情を含めた視線を「まなざし」という。人は視線に自分の心を込め、相手に伝えることができるということを、父の母に対するまなざしから教えられた。

父が亡くなった後、私が母の介護を引き受けた。引き受けたのはいいが、言葉のない母とどのように接すればいいか皆目見当がつかなかった。そんなとき、父と母のこの光景を思い出した。父のように温かく優しいまなざしで母を見つめてみようと思った。父のまねをして「お母さーん！」と言いながら、私は精一杯の笑顔をしてみた。母はまったく反応を示さなかった。母との接点はこれしかないと思っていた私は、1日に何度も1か月ほど続けてやってみたが、母は反応するどころか無表情のままだった。

それから10日ぐらい経った頃だった。私は半ば諦めながらも、「お母さーん！」と、満面の笑みを送った。すると、母が私の右手を両手でつかんで自分に引き寄せ、「はい、はい、はい」と笑顔で私を見つめたのだ。ああ、思いが通じたと思った。私も左手を添えて両手で握り合った。しわだらけのその手は冷たかった。「幸ちゃんの手は温《ぬく》かね」と母は言わなかったが、しっかりと私の手を握り返した。私の手は次第に冷たくなり、そして母の手の冷たさを温めていった。

幼い頃、右手にはカステラ、左手には母の手の柔らかさがあった。母の手は温かかった。いつの間にか母の手も私の手も同じ温かさになった。そして、どんどん温かくなっていくのを感じた。手を握り合い、無限に出てくる温かさ。「温」という言葉には、「大切にすること」という意味があるらしい。母から私に伝わる温かさ。私から母に伝わっていく温もり。どんな寒さの中でもなくならない温かさ。愛の伝わりようはこうしたものではないだろうか。人が人を愛するということを母に教えてもらった気がした。

化粧の時間

父のは典型的な男の介護だった。壁には母との生活を書いた日課表があった。「〇時〇分、お母さんと一緒に起きる」「〇時〇分、お母さんと一緒に布団をたたむ」「〇時〇分、お母さんと一緒に歯を磨く」……。その日課表に合わせて母と一緒に朝を迎え、座らせ、食事をし、化粧をし、二人で声を合わせて歌を歌った。淡々とした慎ましい生活だった。

久しぶりに帰省した息子のことなんかほったらかしで、「お前が帰ってくると日課表どおりにはいかん」と愚痴をもらした。「あなたの名前は何ですか?」「あなたのご主人の名前は何ですか?」「今日は何月何日ですか?」と、母の記憶を維持するため、いろいろと質問をする時間もあった。夕刻には、戦時中には飛行場だった空き地を、二人で手をつないで歌を歌いながら散歩した。そして、1日が終わり、二つ並べた布団に入り、手だけを出して母が勝つまでジャンケンをした。

この日課表の中でもとりわけ母の好きな時間帯が二つあった。一つは化粧の時間である。父は化粧品を買い、薬局の人に聞いたというメモを見ながら母に化粧を施した。ある日帰省をすると、出迎えた母の顔は真っ白だった。濃い口紅と太い眉墨《まゆずみ》がまるでピエロだった。吹き出しそうにしている私を見て、「こんなに病気になっても化粧だけは忘れんでしたがるんよ」と、父は真顔で言った。自分ではどうにも止められず変わっていく姿を、母は厚い化粧の下に隠し、ごまかそうとしたのか。それにしても隠すものが山積みだっただろう。

そういえば、母は若い頃から店を開ける前に化粧をしていた。化粧ケースには色とりどりのものが入っていて、幼い私は興味をそそられたが、「男の子が手に取るもんではなか」と決して触らせてくれなかった。母は三面鏡の前に座り、時間をかけて化粧をして、最後に丁寧に眉墨を塗り、口紅で締める。そして、店のシャッターを開けて1日を始める。そのときの母のキリッとした顔を、化粧の臭いと一緒に覚えている。

「もうお母さんに化粧はいらんちゃなかね」と私が言うと、父はこう返した。「今まで何十年とお母さんの毎朝の日課やけんね。化粧をするとにっこりと笑うとよ。何かしっかりしたような感じになるんよ」。真っ白けに真っ赤な口紅のピエロのままの母だったけれど、化粧を施す父の姿は、40年連れ添った二人の思い出を大切に描いているようにも見えた。二人とも楽しそうだった。父が死んで、私は母の化粧はしなかったが、唇が乾かないようにリップクリームだけは塗ってやった。そのとき、きまって母は口紅をさすときのように唇を内側に入れ、鏡を覗《のぞ》くように私の顔を見つめた。

消し去ることができないもの

もう一つ、日課表の中で母がとても喜ぶものがあった。「一緒に歌を歌う」時間だ。「旅愁《りょしゅう》」という秋の童謡を冬でも春でも夏でもいつも歌った。「旅愁」は、オードウェイの曲に熊本県人吉市《ひとよしし》出身の犬童球渓《いんどうきゅうけい》が歌詞をつけた歌で、父母はこの人吉の町の近くに住んでいた。地元の歌を二人で歌っていたというわけだ。

歌詞の1番は、下手な父の大正琴に合わせて母が歌い、2番は二人で声を合わせて楽しそうに歌った。私が帰省した際には、母は私の手を握りながらうれしそうに歌った。今になってみれば、ギターでコードでも弾いて一緒に歌ってやればよかったと後悔しきりだが、私は唱歌なんか一緒に歌えるかと、ヘッドホンを付けて耳をふさいでいた。一緒に歌えるうちはよかったが、母が歌えなくなってくると、父は大正琴を弾きながら、母に歌ってあげていた。

高等女学校に通っていた母は、音楽が得意だった。実際に演奏するところを見たことはなかったが、女学生の母がフルートを吹いている写真は何度も見せられた。母は、音楽大学に行きたかったという話を繰り返した。認知症になっても、音楽の好きな母にとって、この父と一緒に歌を歌うのはとても楽しい一時だったことは間違いない。

父が死んで、私もこの歌を母に歌ってあげようとしたが、なかなか母は反応しなかった。ＣＤでこの曲を流しても同様だった。あるとき、父の声まねをして歌ってみると、母が大声を上げて「ウォー、ウォー」と叫び始めた。それからというもの、毎日、父に似せてわざと下手に旅愁を歌った。母と歌っていた父の姿が私の中に蘇った。

母の心の中には、この歌とともに父との楽しかった思い出が刻まれているのだ。父の愛が美しい結晶となっていつまでも生きているのだと思った。それまでは、認知症は何でも消し去ってしまう病気だ、何でも忘れ去ってしまう病気だと思っていたが、認知症にも消し去ることのできない、忘れ去ることのできないものがあることを知った。2番の「恋しやふるさと／なつかし父母」と歌うとき、楽しそうに二人仲よく歌っていた父と母の姿を思い出す。母の中に父が生き続けていたように、私の中にも父は生き続けていた。母へ歌う私の声の中にも、父はしっかりと生き続けていたのだ。

母のライスカレー

そんな父母のもとに、私は時間を見つけては帰るようになった。父は「お前が帰ってくると1日の計画が狂って困るばい」と言いながら、まんざらでもなさそうに私を出迎えた。その日、父は「幸之助、お前は幸せばい」と言った。母に私が帰ってくることを伝えると、母はカレーライスを作ろうとするのだそうだ。

そういえば、何かあると母はカレーライスを作ってくれた。私の好物を作ることが、母にとっては愛情の表し方だったのだろう。運動会が終わった後も、試験が終わった後も、小学校の入学式も卒業式も、中学校の卒業式も、高校や大学に合格したときも、教員採用試験に受かった日もカレーライスが用意してあった。この日も、仕事に悩んで落ち込んでいる私に「幸ちゃん、がんばれよ。今度帰ってくるときはライスカレーを作っとくから」と、母は電話口で約束した。「またカレーかよ」とは思ったが、その優しさがうれしかった。これが母と言葉で交わした最後の約束になった。

久しぶりに実家に帰ってみると、約束どおりカレーライスがテーブルの上に置いてあった。食べると母の味つけではない。レトルトのカレーとハンバーグを皿に盛り付けただけのものだとすぐにわかった。「お母さんのカレーはうまかあ」と、父が大げさに言った。「これお母さん、レトルトだろ?」と、私は不機嫌にもらした。「二つとも時間をかけて作ったんよ」と、母は言い張った。「違う、これはお母さんのカレーじゃなかたい」と言い返すと、「お母さんのカレーはうまかあ」と、また大声で父が母のほうを向いて言った。私も意地になって否定しようしたとき、今度は「お母さんのカレーはうまかあ」と父は繰り返しながら私をにらみつけた。

食後、母が風呂に入ったので、父と二人きりになった。父によれば、母は料理の作り方を忘れてしまって、自分から作ろうとはしないとのことだった。それでも、母は私とのカレーライスの約束のことを何度も話すのだそうだ。「幸之助が帰ってくるならライスカレーを作らんといかん。お父さん、ライスカレーを作ってやらんといかんよ」と言って、両手にニンジンとジャガイモを持って台所をうろうろするのだそうだ。母はすっかりカレーライスの作り方を忘れていて、最後には混乱して台所でしゃがみ込んで、泣き出してしまったらしい。だから母に代わってレトルトのカレーを父が用意してくれたというわけだ。「幸之助、お前が帰ってくっと、お母さんがライスカレー、ライスカレーと騒いで、今日も大変やった」と、父は少し困ったように言った。「お父さんにしては盛り付けが上手」。私は父にお世辞を言った。父はうれしそうに笑った。

認知症が進む中、私との約束を果たそうとするけれども、カレーライスを作ることのできない母。私への愛の象徴であるカレーライスを作ることのできないもどかしさ。愛を与えることのできない寂しさや愛を伝えられない悲しさ。そんな母の思いを考えると胸が痛くなった。「幸之助、認知症になってもお母さんはお前の好物を忘れんでおるよ。お母さんの中にはお前を愛する心がしっかりと残っとるよ。幸之助、お前は幸せやねえ」と、父はうらやましそうに言った。認知症でも消し去ることのできない、忘れ去ることのできないものがあるのだと、母に感謝しながら深く思ったのだった。「ライスカレー」と母の言い方で声に出してみると、いつも静かに私の時は遡《さかのぼ》る。

9

五時間の距離

五時間の距離

父の入院

父の好物は鰻丼だった。うれしかったのだろう、私が帰省したときはいつも鰻だった。久しぶりに帰省したその日も、鰻屋で3人で食事をした。父はなかなか食べようとしない母に、鰻を小さく切って食べさせた。「俺が死んだらお母さんも一緒に連れて行きたいなあ。お母さん一人でかわいそうやけんね」と父は言った。「息子の俺がおるから大丈夫」と言うと、母は父の顔を見て笑っていた。母が父に支えられ、助けられているように見えたのだが、実際は父こそ母に生かされていたように思う。父は残された人生の進む道を母に指し示してもらっているようだった。自分の使命を母に手渡されていたようにさえ見えた。

その次の日だった。父は家で心臓の痛みを訴えた。心臓のバイパス手術をして10年が経っていた。「お母さんがいるから入院はせんよ。お母さんを一人にさせられんけんね」と最後まで父は言い張ったが、心臓は予想以上に弱っていた。父を入院させ、その足で母を病院に隣接する老人保健施設の認知症病棟に入れた。

病棟へ連れていく母に涙が止まらなかった。こんなときなのに、自分の生活や仕事を優先させて母の面倒をみることに躊躇《ちゅうちょ》し決断できなかった自分が情けなかった。母の介護を父だけに押しつけて申し訳なかった。今まで父という優しさに包まれて、一身に愛情を受けた日々から放り出され、母は一人で生きていかなければならない。母は私の手を離さなかった。手をつなぎ、施設の中を散歩して、父と毎日歌っていた歌を一緒に歌い、じゃんけんを何度もして母と別れた。母はエレベータまで後追いしてきた。父の病室に行って報告すると、父は矢継ぎ早に母の様子を聞いてきた。自分の病気をほったらかしにして母のことを必死に尋ねる父がうらやましく思えた。必死で守るものがあることの幸せを語ってくれているようだった。いや、私を責めているようにも思えた。

その後、父の病状は徐々に回復し、病院内で散歩ができるようになった。「お母さんに会いたい」「早く退院して、家でお母さんと暮らしたい」。これが口癖だった。ある日、病室を訪れると、父が私の顔を見るやいなや、「今度の日曜にお母さんに会いに行っていいとお医者さんに言われた」とうれしそうに語った。そして、会う前に一度母を見たいので、明日カメラを持ってこいと私に注文をつけた。父の病室の窓から母の病棟は見える。私が窓際に母を連れて行き、それを父がカメラの望遠レンズで見るというのである。

次の日、仕事を休んでカメラを運び、母を窓際に連れて行った。なかなか落ち着かず、どこかへ行こうとする母の注意を窓の外に向けながら、必死で窓際に押しとどめた。父は3階の窓からカメラで見つめていたが、しばらくするとファインダーから目を離し、母を見下ろし、手を振った。父がいなければ母は生きていくことができないと思っていたが、実は父こそ母がいなければ生きていけないのではないか。母の存在は父の足かせではなく、生きる源であるように思えた。

母に会う日、父は落ち着かなかった。下着を替え、髪を念入りに整えて、自分が倒れたときのためにニトログリセリンの飲ませ方を私に講習した。病棟に近づくと、「忘れとらんよね、お母さんは俺のことを忘れとらんよね」を連発した。母は父のことをすっかり忘れてしまっていた。私にばかりついてくる母を見て父は少々悲しそうな表情を見せたが、時間が経つにつれ、母は父の手を握り始めた。父は母の髪をといてやったり、眼鏡を拭いてやったりした。そのうち、二人の間に私の入る場所はどんどんなくなっていった。私は、外の景色を見て2時間ほど時間をつぶした。その後、病院の中にある散髪屋へ二人を連れて行った。そして、二人並んで髪の毛を切ってもらった。襟元に天花粉が塗られ、髪の毛が短くなった二つの頭が並んでいる。年老いたお内裏様とお雛様。父と母ではなく、男と女の後ろ姿だった。鏡に映っている父の目は、母をずっと見つめ続けていた。これが二人が過ごす最後の時間になった。

父の死

母に会って上機嫌の父は、病院の玄関まで私を送り、「お母さんを頼むぞ」と言って私の肩をたたいた。車に乗り込んだが、玄関までついて来る父は初めてだったので、父が何か伝えたかったのではないかと思い、引き返すことにした。エレベーターを待ったがなかなか来なかったので、結局、私はそのまま帰路についた。

翌日、認知症の母を残して、父は薬石効なく亡くなった。持病の心臓の発作だった。病院を訪れると、前日まで元気だった父が目の前で動かなくなっていた。人生の謎がすべて解けたようなすっきりした顔で、棺の中で寝ていた。死が父の生をこの地球から引っこ抜いていった。そんな感じだった。私の心の中にぽっかり穴が空いた。静かになった亡骸《なきがら》を前に、あのときなんで「お母さんのことは俺に任せとって」と言えなかったのか後悔した。

父は遺書をしたためていた。「私が先に亡くなったときには、お母さんの世話は幸之助がすること」と書いてあった。母の介護は兄がやるものだとばかり思っていた。次男なのでお金を少しばかり出して、たまに手伝えばいいと考えていた私は、突然のことに慌てふためいた。遺書を開く前の後悔は棚に上げて、「なんで俺がしなきゃならないんだ」と思った。できれば避けて通りたかった。しかし、父が命がけで私に頼んだことだ。「どうして俺がお母さんの介護を？」という繰り言はそれから毎日のように続いたが、いやいやながらも私なりに臍《ほぞ》を固めて介護を始めることになった。

介護を引き受けたといっても、仕事のことや自分の家族のこと、これからのことを考えると、自分の家に母を連れてきて一緒に暮らすことはできなかった。母を熊本の特養に預け、長崎で小学校の教員を続けることにした。当時、親を施設に入れるということは、子どもが親の面倒をみることを放棄するように思う人もいた。母親を施設に入れるとは何事だと叱られたこともあった。周りの目がとても気になった。父はあんなに愛情深く母を支えていたのに息子はなんて冷たいんだと言われている気がした。献身的に自宅で介護している人のテレビ番組を見て自分を責めた。自分の都合や自分の家族のことばかり考えて、母を施設に捨てたと思った。二人の子どもも小さかった。教師としてがんばってキャリアアップしたいと思っていた。作家として本を出したいとも思っていた。そんな思いの中では、母の存在は私にとってくびきや足かせ以外の何物でもなかった。母を家に連れてきたら私自身が潰れてしまう。いろいろな思いが私の中で拮抗して、自分を責め続けた。

でも、これが私と母との距離感であり、これが私の介護との距離の取り方だったのだ。今振り返ってみるとそれがよくわかる。あのとき人目を気にして母と暮らしていたら、「親ゆえの闇」の中に迷い込み、母に暴力をふるっていたかもしれない。親を施設に預けるのが一番いいと言っているのではない。自宅で楽しそうに介護し、問題なく暮らしている人も多くいる。しかし、この私にはあれがギリギリいっぱいだった。

私が著書の中に母を叱りつけた場面を書くと、お母さんがかわいそうだとお叱りを受けることがあった。講演会後のサイン会で「藤川さんがお母さんを大切にしていることはよくわかったけれど、どうしても私は母が嫌いで、介護はしたくないんです」と言う人もいた。親との関係は千差万別であり、仕事の内容も人それぞれで、さまざまな介護の形があるのだ。自分の親との、自分の仕事との、自分の介護との距離感をしっかりと把握することが始まりのような気がする。人の目を気にして闇へ迷い込むようなことになってはならないと思うのだ。

母を施設に捨てた日

母を特養に入れた初日のことだった。私は後ろ髪を引かれる思いがして、なかなか母を一人置いて長崎に帰ることができなかった。手をつないで、中庭に植えてある花を見ながら何度も施設の中をぐるぐると歩いて回った。母と手をつないで歩いたのは小学校の低学年以来だった。柔らかく白い手は変わらなかった。父親似だとばかり思っていたが、等身大を映す大きな鏡の前に二人並んで立つと、母と見目形《みめかたち》がとても似ていることに驚いた。「よう似とるよね」と言うと、わかるはずもない母が大声で笑った。

そうしているうちに、帰るはずだった正午はとっくに過ぎていた。日はすっかり暮れ、母の夕食に付き合った。面会できる時間も終わってしまった。「じゃあ、お母さん帰るよ」と言うと、母も一緒に帰ろうとした。「じゃあ一緒に帰るか、お母さん」と冗談めかして言い、手をつなぎ二人で歩いた。玄関まで来たところでもう一度「じゃあお母さん、俺は帰るばい。またね」と言うと、母が私の服の裾をぐっと握った。握ったまま離そうとしない。母は状況が何もわかっていないと高をくくっていたので、私は少し慌てた。服の裾を握る指の1本1本を広げながら、「お母さんはここにおるとよ。今日からずっとここにおらんといかんとばい。じゃあ、さいなら。帰るけんね。俺は帰らんといかんとよ」と説明し、玄関から出て行こうとした。すると、また母が裾をパッとつかんだ。何度説得しても裾を握りしめた。この繰り返しが10数回続いたときだったろうか、保育園で私が母と別れるのをぐずったときの母の悲しそうな顔を思い出した。

母をここに捨てていくんだという思いと一緒に涙があふれて、母の顔が見えなくなった。母は服の裾を握ったまま私の顔を覗《のぞ》くように見つめた。私は叱るように言った。「お母さんの家は今日からここなんよ。俺のお母さんなんやからしっかりしてくれ！」。母は驚いて、指を広げて服から手を放した。その様子を見ていた施設の人が母を優しく抱きしめてくれた。その隙に私は玄関を飛び出して、急いで車に飛び乗った。バックミラーで振り返ると、施設の人が母を抱きしめたまま手を振っていた。

東の山の端から黄色い満月が顔を出して私を見つめていた。「母を捨てた。

母を捨ててしまった」と繰り返しつぶやいた。そして、「お母さんごめんなさい。お母さんごめんなさい」と何度も謝った。幼いとき、母に叱られたときのことを思い出していた。何が家族だ。母は家族じゃないのか。自分のことばかり考えて。こんなことをして母は許してくれるだろうか。母を残して死んでいった父は許してくれるだろうか。帰路の間中、涙で視界がぼやけ続けていた。

先生、がんばれ！

小学校の教員をしていた私は低学年の担任だった。授業中黒板に向かって板書をしているときだった。「こんなふうに教員になれたのも、母が一生懸命がんばって大学まで出してくれたから。それなのに、そんな母を一人施設に入れて……。母を捨ててしまった」と思ったら辛くなってきた。教師が子どもの前で私情を表に出すのはみっともないが、気がつくと私はポロポロと涙をこぼしていた。そんな姿を見た子どもたちが数人近寄ってきて、「先生、がんばれ！　がんばれ！」と私のもものあたりをさすってくれた。母のことも母の病気のこともまったく知らない子どもたちが、何も聞かずに側に来て慰めてくれた。そのことにまた涙が出た。今度は、また数人席から立ち上がって、「先生、がんばれ！　がんばれ！」と背中をさすってくれた。

いつもこの子どもたちを叱りつけて、教え、育てているのはこの私だと思っていた。しかし、今はどうだ。私こそ子どもたちに教えられ、助けられ、支えられているではないか。母を支えようと必死にもがき崩れそうになっている自分を支えてくれているのは、私が教え、育て、支えていると思っていたこの子どもたちだった。年齢や立場を越えて命と命は互いに教え合い、育み合い、支え合う。子どもたちに心から感謝した。

遠距離介護

母は熊本の特養に、私はそれまでどおり長崎で教員を続けた。「遠距離介護」が始まった。遠距離介護という言葉をその頃は知らなかったし、私のやっていることは介護の名に値しないと思っていた。介護を放棄し、母を施設に任せ、遠くで心配するだけの情けない息子だった。

一人で大声を出して笑ったり楽しんだりしていると、施設にいる母に申し訳なくなった。バラエティー番組の笑い声を聞いて、不機嫌にテレビのスイッチを切った。旨いものを食べていると、一人寂しく食事をしている母のことを思い浮かべて悲しくなった。母に何かあったら夜中でもすぐに熊本に車で向かわなければならないと、好きなビールが飲めなくなった。まったくアルコールを飲まなくなった。5か月前に買った缶ビールがずっと冷蔵庫の中に入ったままだった。ビールにも賞味期限があって、そのビールは結局飲まずに捨てた。

亡くなった父への思いも強まった。悲しみが大波のように押し寄せた。その悲しみはムチで打たれたような痛みだった。母の面倒を父に押しつけて、そのせいで父は亡くなったのに、父の苦労も余所目《よそめ》で覗くばかりでのうのうと暮らしていた自分を恥じた。食わせたかった。あのとき無理をしても好物の鰻を買ってきて食わせてやればよかった。「病院の食事なんて今日は残していいさ」なんて言ってやって、少しは父を喜ばせてやればよかった。早く退院して母の世話をと焦ったあまり、父は症状を隠していた。そのため命を縮め、病院に入ったまま死んでいった。仏壇の父へ毎日手を合わせ、頭を下げた。

そして、遠く一人で暮らす母のことも仏壇の父にお願いするようになった。最初の頃は「母の病気が治りますように」と祈っていたが、アルツハイマーという病気は治りそうもなく嘘くさい感じがしたので、「母を元気にしてください」と祈るようにした。しかし、身体が元気になっても認知症のままだと辛いだろうとも思ったので、「母が幸せになりますように」と祈るようにした。天国へ行って父と再会し、もうボケもどこかへいってしまって幸せそうな母の顔も目に浮かんだ。元気になるよりも、死んだ父のもとに行って、二人仲よく暮らしたいのではないだろうかとも思った。結局何にも祈らなくなった。私は、写真の父に向かって毎朝お経のように、「お父さんは死ぬときはお母さんを連れて行きたいと言いよったけど、まだお母さんをどこへも連れて行かんでよ」と、小言のようなことをつぶやくようになった。

遠くに離れた母のことがこんなに心配ならば、1週間に1回、母のもとへ行こうと決心した。私の住む長崎から母の施設まで車で5時間ほどかかる。その頃はまだ学校は隔週で、土曜日の授業があった。昼で授業を済ませ、午後2時頃までに次週の授業の準備を済ませ、熊本へ車を走らせた。着くのは夜の7時頃。それから母を施設から連れ出し、ホテルに泊まったり、叔父叔母の家に泊まったりして、いろいろなところへ行った。そして次の日、母を施設へ置いて帰った。毎週この繰り返しであった。教員という仕事との両立は難しかったが、遠くに離れて暮らす母の心配がなくなったぶん気持ちが楽になった。母を捨てたという罪悪感も薄らいでいった。

母のあゆみ

同時に私は、母の認知症による行動に少しずつ苛立《いらだ》ち始めた。2時間もかかる食事に苛々が募った。母の身体を抱えながらオムツを替え、何でこんな臭いをかがなくちゃならないんだと思った。

スーパーでふと目を離したすきに、母がシュークリームにかぶりついた。母を叱った。オムツでブクブクと膨れあがった大きなシュークリームのような尻で、アヒルのように歩いて出て行く姿が嘆かわしかった。「俺のお母さんなんだろう！」と母をにらみつけた。「しっかりしろ！」と声を押し殺して、自らを戒めるように言った。母が私をじっと見つめていた。そのまなざしにふと我に返った。母の幸せだけを祈っていたはずの私の中に、母への怒りが生まれ始めたのだ。

自分のイメージどおりに動かない母を目にすると、怒りや苛立ちという感情で何か大切なものが見えなくなってしまう。父が亡くなったことで確認し、深く心に刻んだ母とのつながりをまた見失おうとしていた。ところが、1週間ぶりに母に会うと、目の前の感情という雲が晴れて、つながりはくっきりと見えてくる。そんな繰り返しであった。日常の繰り返しというものは、人の思いや志を麻痺させてしまうと痛感した。

その日も徘徊に付き合っていた。いつまでも施設の中を歩き続ける母を情けなく思いながらも一緒に歩いた。左手は私の手をしっかり握って、右手では手すりをなぜながら母は歩いた。ときにはつないだ手をはずして指をしゃぶり、指を噛《か》みながら、ただ前を向いてぐるぐると歩いた。床の模様に足をそろえて立ち止まり、壁の絵にきちんと挨拶をし、また歩き始めた。終《しま》いには私が音《ね》を上げて、無理矢理に座らせると、よだれで濡れた手で私の手を握りしめた。すると、急に立ち上がって、疲れた私を置き去りにして行ってしまった。いつの間にか施設の職員に手を引かれて、私のときと同じように手すりをなぜながら歩いていた。

私でなくてもよかったのだ。私のことなんてまったくわからないのかもしれない。来週からは来なくていいかもしれないと思った。その帰りがけ、いつものように手をつないで駐車場に続く扉まで歩いた。職員の人がその姿を見て、「お母さんは息子さんと歩くのを楽しみにされていますよ。なかなか私たちとは一緒に歩いてくださらないんですよ」と言った。

目的もなくとりとめもなく歩き続けるのを「あるく」という。それに比べて「あゆむ」というのは、一歩一歩の足取りに焦点を当てた言葉で、目標を定めて確実に進行する様を表している。小学校の通知票などの表題に「あゆみ」とあるのはそのためだ。施設の人のこの言葉を聞くまでは、私は施設内を母はぐるぐると取り止めもなく「あるい」ていると思っていたが、「あゆん」でいたのだ。息子と会うのを楽しみに待って、一歩一歩を楽しみながら「あゆん」でいた。

相手は私ではなかったかもしれない。「あゆん」でいたのは、頭の中に広がる母の物語だ。幼少の頃、草原を友だちと花を摘みながら。海辺で若かりし頃の父と並んで夢を語り合いながら。生まれたばかりの息子を背負って、息子の将来に思いをはせながら。そうに違いない。これを無目的だといえようか。正常といわれる私たちの世界からすると、母はさ迷っているように見える。しかし、母は命の流れに沿い、私の手を強く握り、一歩一歩確かめながら歩いていた。歩くことで命のバランスを保ち、この世の出口という目標へしっかりと向かっているようにさえ見えた。あれはやはり「あゆみ」だったのだと私は思う。

重い扉

このことがあってから、私は午後7時に毎日母に電話をかけるようになった。私からの電話があると、施設の人が母を電話口まで連れてきて、受話器を持たせ、耳に当ててくれた。話すわけでもない母の息づかいだけが聞こえるばかりだった。これを繰り返していたところ、しばらくすると、夕刻近くに、母は電話機のある事務所の椅子に座るようになったと施設の人が教えてくれた。

仕事が忙しくて、週末に行けないときは手紙を書いた。いつも「お元気ですか」で始まり、「寂しくないか」と付け加え、1週間の出来事を書いて、「元気でね」と締めくくった。もちろん返事など来はしなかった。母は、毎回手紙を読みもしないで、口にくわえてしゃぶると聞いた。手紙をなめ回すというのは、普通に考えたら異常な行動なのかもしれない。しかし、母にとっては息子に手紙をもらった喜びを、自分に残された方法で表現しただけのことだと思う。言葉で伝えられない心を表したまでのことなのだ。それを異常な行動ととらえるか、喜びの表現ととらえるか、見る側のイマジネーションと感性にかかっている。

3週間ぶりに母のもとを訪ねた。私のことなど忘れているかもしれないと思ったが、すぐに私と手をつないで歩いた。部屋の引き出しから2通の手紙を取り出すと、なめられて乾いた跡が宛名の字をにじませて残っていた。「お母さん、これじゃ手紙の意味がなかばい」と言いながら、それを読んであげた。

その日の帰りがけのことだった。帰り支度をして、いつものように母と手をつなぎ、駐車場へ出る扉まで歩いた。扉の鍵を開けるために施設の人がついて来た。その人は、「息子さんが帰った後、お母さんはこの扉に鼻をつけるくらいまでくっついて、2時間ぐらい立ってこの扉を見ていらっしゃるんですよ」と言った。私にとってはノブを回して軽く開けるだけのこの扉も、母にとっては重い重い扉なのだと思った。振り返ると、型板ガラス越しにこちらを見つめる母の輪郭だけが見えた。扉を見つめながら、出て行った私の後ろ姿や今日の私との思い出を頭の中にめぐらせているのかもしれない。

母には言葉がないので、「かもしれない」はいつまでたっても「かもしれない」だった。しかし、毎週、ガラス越しの母の輪郭を見ていると、母のむき出しの心を見ているような気持ちになった。この光景を見る前、私は扉を出ると何か責任を免れて、自由を手に入れたような気がしていた。言葉がないというだけで、母の寂しさや心の痛みをどこか遠いところに追いやっていた。母は何もわかっちゃいないと、自分自身でそう思い込もうとしていたのかもしれない。そうしないと、自分がつぶれそうだと感じていたのかもしれない。

その後、母がそんなにも私と一緒にいたいのならば自分の住む長崎に連れて来ようと思うようになった。毎週パンをかじりながら5時間かけて母のもとへ車を走らせた日々はずっと続いた。いくら親でも他者のために時間を差し出すという経験は、自分のことや仕事のことばかり考えている私には初めてのことだった。しかし、自分の心が他者から束縛されるのではなく、自分自身から解放されていくのを感じた。3年後、私は母を長崎に連れてきた。遠距離介護の日々が終わった。

10

介護に潜む闇

一人ではない

私のような三文作家でも、講演会の後にサイン会をするときがある。本の表紙を開いてサインをして落款《らっかん》を押す。その間に、多くの方が話しかけてくる。「お話、心に沁《し》みました」などといった感想の後、「私にも認知症の母がいて……」と、自分の体験談や介護している親や連れ合いの方の話を長々とされる場合が多い。あまり長くなってくると、次に待っている人のことや帰りの飛行機、会場の時間の都合などが気になってくる。それでも私は、そんなのおかまいなしに続く話を時間が許す限り聞くようにしている。それと同時に、介護をしている方は、こんなにも自分の心に溜まったものを誰かに聞いてもらいたがっているのだとも感じる。

SNSやメールでも拙著《せっちょ》への感想が届く。「私も同じ経験をしました」とか、「私も同じ思いです」「言葉にできなかった私の思いを言葉にしてもらい、自分の感情がよくわかりました」「こんな思いをしているのは自分一人ではなかったんだとホッとしました」と。

あるとき、母の面会を終え、病院の玄関を出ると、どこで聞いたのか、私を待っている女性がいた。手には私の連載記事が出ている新聞を握りしめていた。「いつも記事を読んでます。私も藤川さんと同じような思いで母の介護をしてます。変わっていく母の姿を見ると悲しく辛いです。でも、藤川さんの書いたものを読むと、同じ思いをしてる人がいる、自分だけではなかったんだと、何か救われます。藤川さんに助けてもらってます」。そう言って、その人は私の前で泣き崩れた。こんなとき、物書きとしては書き続けてきてよかったと思う。

同じことを繰り返し言う認知症の母に苛立《いらだ》ち、徘徊を続ける母を叱って、大便を手に取る母に何度手を上げようとしたことか。そんな自分自身を何度責め続けたか。私のそうした弱音を吐き出す場所こそが女性が握りしめていた連載であり、詩集の中にある一篇一篇の詩なのである。それを読み、私の思いをわかってくれる人がいて、共有できる相手がいる。この女性に出会えて、私も一人ではないと、涙がこぼれそうになった。「本を書いてくださってありがとう」と書き添えてあるカードもあるが、助けられているのは私のほうであって、ありがとうを言わなければならないのはこの私なのだ。私と同じ行動を他の介護者の中に見て、その体験には共通する出来事や感情があり、こんな思いをしているのは自分だけではなかったのだと安堵する。私も読者も同じ「悲しみ」を抱えながら生きている一人だと思える。

カタルシス

カタルシスとは心理療法の技術で、無意識の中に抑圧されていた心のしこりを、言語や行為などの表出によって消そうとする方法である。もともとアリストテレスが説いたもので、悲劇を見ることによって引き起こされる情緒の経験が、心の中の同種の感情を解放する効果を指す。つまり、介護の体験には共通する出来事や感情があり、こんな思いをしているのは自分だけでないと感じたのは、まさにこのことなのである。介護で経験している悲しみを他の介護者の中に見て、自分の中の悲しみという感情を解放しているのである。認知症の家族会などでも、体験を語り合うことで心が軽くなり、安堵感に包まれることがよくあるのは同じ作用といえる。

新聞では、介護者による認知症の親や連れ合い殺しの記事をよく目にすることが多くなった。いかなる理由があろうとも殺すという行為は許されないが、私には認知症の人を前にして殺したいと思ってしまうほど混乱している家族の心の中が痛いほどよくわかる。ある政治家は、「介護はプロに任せて、家族は愛情を注ぐ役割になるのが介護保険制度の理想」と言った。介護で家族が共倒れにならないようにと配慮した言葉だろうが、「愛情を注ぐ」こと、これがなかなか難しい。

私も愛をもって接しようと1日を始めるのだが、自分のイメージどおりに動かない母に苛々が募り、自分を育ててくれた親だからこそ情けなくなり、叱ったり、怒ったりしてしまう。そして、自責の念に駆られるとともに、母と自分の将来が不安になる。こんな思いが心の中で毎日毎日ぐるぐると堂々巡りをするのだ。愛情を注ぐのも大変なのだ。

厚生労働省研究班の調査によると、高齢者などの介護をしている家族の4人に1人が軽度以上のうつ状態で、介護者が65歳以上の「老老介護」では、

3割以上が「死にたいと思うことがある」と回答したとのこと。このようなデータを見ると、弱音を吐き出す場所や相手をもたず、その苛立ちや悲しみを私のように堂々巡りさせている介護者が多いのではないかと推測せずにはいられない。

言葉にして吐き出す

父が急死して、私が母の介護をすることになったわけだが、任されたからには自分の力でどうにか乗り越えなければならないと思った。人の力を借りるなんてもってのほかだった。誰かに相談するつもりはなく、手を差し伸べてくれる人には目もくれなかった。孤軍奮闘といえば聞こえはいいが、言葉のない母と向かい合いながらの毎日は、二人で歩んでいるように見えても孤独だった。悶々として思考が堂々巡りするばかりだった。不安だらけだった。母はこれからどうなるのだろう。私はこれからどうなるのだろう。オムツもうまく替えられない。食事も上手に食べさせることができない。何をやってもうまくいかない。自分のイメージどおりに動かない母にいつも苛ついていた。苛立ちをぶつける場所もどこにもなかった。母の病いが、私の未来に壁のように立ちはだかっていた。認知症という病気が邪魔で邪魔でしょうがなかった。

認知症に関する本を何冊も読んだ。技術で乗り越えようと思った。認知症のことをやっているテレビもすべて録画した。その中に答えがあるような気がして、何度もそれを見た。でも、答えはその中にはなかった。母とのことは母との毎日の中から私自身が答えを導き出していくしかないのだと思い直して、すべての本を古本屋へ持っていった。

それからは、淡々と母との毎日を繰り返すしかなかった。こんなときこそ心理療法のカタルシスを使ってみようと、私はその思いを言葉にして吐き出すことにした。母に対する思いを、介護を私に任せた父に対する思いを、世間に対する思いをそのままノートに書き出した。それは汚い言葉になるときもあった。罵《ののし》ることもあった。嫌なときは嫌だと書き、辛いときは辛いと書き、悲しいときは悲しいと書いて大声で泣いた。そして、それらを後から読んで自分自身を外側から見つめた。「これが今の私なんだ」と、心の底から吐き出された本当の自分を確認できた。とてもすっきりした感覚を今でも覚えている。こうやって心の健康を保ってきた。心の浄化法だったのだろう。

ウンコとよだれの臭い

それまでは、介護なんていう山は私一人で乗り越えられるものだと思っていた。父が亡くなったすぐ後、母を熊本の特養に入所させたが、私は長崎で小学校の教員を続けた。忙しいときには1か月ほど空くこともあったが、できるだけ1週間に1回は母に会いに行くようにした。毎週末の休みを使っての往復10時間の運転は身体にこたえた。母の施設代、病院代、オムツ代、交通費など、経済的な心配もあった。また、施設という異なる環境で病気が進んで変わっていく母の姿を見るのが辛かった。

施設から母を連れ出してドライブをした。きれいな花を見せるため、少し遠出をしようと高速に乗った。失禁がひどくなり、数日前から母がオムツを着け始めたことを職員の人から聞いていた。それまで母の下《しも》のことなんて考えたこともなかった。出かける前にオムツを預かった。母が助手席でもじもじしだした。何をしているんだろうと考えているうちに、ウンコの臭いが車の中に充満した。オムツから染み出て、シートにウンコが広がった。どんどん染み込んでいく。

私は慌ててパーキングに車を入れた。母を連れて男子便所に入った。鍵をかけた狭い大便所の中で、私は初めて母のオムツを替えた。母を立たせたままスカートを下ろす。まだ母は恥ずかしがった。「おとなしくしとかんとだめよ」と尻をポンポンと叩いてみた。子どもの頃のお返しのようで少しうれしくなった。尻についたウンコをティッシュで何度も拭いた。母が私のウンコを拭いてくれたように、かぶれないようにと尻を拭いた。私は母で、母は私だった。冷静なのはそこまでだった。

母が大声を出した。替えているそばから、母は立ったままおしっこをした。ウンコの付いた自分の尻を触ろうとした。しまいには、しゃがんでオムツを替えている私の頭によだれを垂らし始めた。次から次に垂れてくる。「俺のお母さんなんだろう！」とにらみつけると、母は驚いて唾液を喉《のど》に詰まらせた。私は立ち上がり、息ができなくなった母の背中を叩いた。母の右腕を私の右手でギュッと握って、支えながら背中を必死に何度も叩いた。やっと息ができてホッとしたのはつかの間、また母は私に向けておしっこをした。「もういい加減にしてくれ！」と混乱し、頭にきた私は、大小便をたっぷり含んだオムツをトイレの床にたたきつけた。私のズボンは、跳ね返ったウンコで黄色い染みだらけになった。

ドアをノックする音がして、誰かに「大丈夫ですか？」と声をかけられた。「大丈夫です」と答えるしかなかった。糞尿だらけの自分の格好を見て、涙が止めどもなく流れた。「なんで俺がこんなことをせんばいかんとね！」と、死んだ父に向かって恨み言のようなことを心の中でつぶやいた。泣きながらしゃがんで母の尻を拭き、トイレの床を拭いた。すっかりオムツを替え終わった母は、私を高いところからじっと見つめていた。

白く塗られた壁の大便所は、立てた直方体の狭い棺桶のようだった。母の死を私のものとして見つめた。白い棺桶の中で死ぬまでこんなことを続けなければならないのか。私の死を母のものとして見つめた。私が先に死んだら、母はただの名もなき認知症の老婆として蔑《さげす》まれ嘲《ののし》られて生きていくことになるのか。鍵を開け、母の手を引いて便所から出て、左の手で母をつかまえたまま私は便器に向かい、右の手で小便を済ませた。車に戻った母は気持ちよさそうに眠っていた。ズボンを黄色く汚し、臭いの残った自分を見ながら「何で俺がこんなことを……」と、また涙が出た。しかし、父もこんな思いをして介護を一人でやってきたのかとハッとした。

私はいつも、この排泄物の臭いとよだれの臭いがたまらなく嫌だった。鼻が曲がるとはまさにこのことで、その臭いは凄まじかった。自分の母だからまだ我慢できるのだろうか。病院や施設などで母の下の世話をしてくださる看護師や介護職の方々には心から申し訳ない気持ちになった。

オムツは、漢字で「お襁褓」と書く。衣偏に「強く保つ」。元来、ウンコなどを漏らさず強く保つ布切れの意味だろうが、私はいつも、「母のウンコの臭いに苛々せず、心を強く保つんだ」と自分に言い聞かせていた。本人の気持ちも考えずに簡単に紙オムツをはめてしまった母への非礼をわびながら、これくらい我慢できないでどうすると思っていた。

しかし、しばらくすると、この排泄物やよだれの臭いにはすっかり慣れた。薬局のポイント5倍の日をねらって、紙オムツや尿取りパッドを買い、両手いっぱいにオムツのパックを下げて母のもとに行く。それらを一つひとつ棚に並べながら、母が生きていることの喜びを感じるようにもなった。両手にかかる紙オムツの重さも、小便が黄色いのも、母のウンコの臭いも、母が生きている証だと心から思えるようになっていった。

苛立ち詫びる

病気だとわかっているものの、今日も母に優しくできなかった。もっと優しくすればよかった。「ウロウロするな！　ここに座ってろ！　同じことばっかり言うな！　もう黙ってろ！」。つり上がった目で何度も叱った。母は驚いて、悲しそうに私を見つめた。明日こそ優しくしようと思うけれど、毎日この繰り返しだった。腹を立てる自分が嫌だった。自分を責めた。そんな日のことを思い出す。

その日は母と旅館に泊まった。夕暮れの凪《な》いだ海には街がくっきりと映っていた。母を布団に寝かせて身体を拭いた。垂れたオッパイを持ち上げ、しわを伸ばしながら拭く。両足をいっぺんに持ち上げて、尻の近くの溝を注意深くきれいにした。私が必死に握った右腕には青あざがあった。背中にもあるのかもしれないと思ったが、それは見ないことにした。布団を掛けてあげると、母は私の悲しそうな顔を見て、布団の中からスッと手を出し、私の手をしっかり握り、安心したように眠った。

苛立ち､自分を責め､母に詫《わ》びる繰り返し。この経験を「ウロウロするな！ここに座っていろ！　お母さん、同じことばっかり言うな！　もう黙ってろ！」と詩に書いた。これを読んだ方から「お母さんに対する攻撃的な詩は書いてほしくないです。心を高いところにおいて、いろんなことを受け入れましょうよ」というメールが届いた。このアドバイスのように、心を落ち着けて介護をしようと思い直すのだが、私は認知症の母をなかなか受け入れることができなかった。

イメージどおりに動かない母に対する苛々と、母へ冷たく当たる自分自身への憤《いきどお》り。孤独な叫びの繰り返しだった。「俺のお母さんなんだろう？　あんなしっかりしていたお母さんがどうしたんだ？」と苛立ちながらも、その苛立ちをぶつける場所が母以外にどこにもなかったのだ。親だから自分だけで介護しなければならないとも思った。そして、この介護はいつまで続くのだろうかと不安になった。こんな感情をずっと抱えていかなければならないのか。いつまでこんな苦しい毎日を繰り返さなければいけないのか。これから先、介護のお金は大丈夫か。兄もいるのに、いくら父の遺言だからといって何で自分だけが辛い思いをしなければならないのか。このままでは教師という仕事に傾注することもできない。自分の未来が真っ暗に見えた。先がまったく見えない「闇」だ。母が親だからこその「親ゆえの闇」なのだ。

親ゆえの闇

この「親ゆえの闇」という言葉は私の造語である。「子ゆえの闇」という言葉になぞらえて作った。「子ゆえの闇」とは、子に対する愛情のために理性を失いがちな親の心を表す言葉である。医療が発達して高齢社会になり、子は親の老いにも付き合わなければならなくなった。私もその一人だが、元気で気丈な母親を知っているだけに、認知症になったその姿を見ると苛つき、情けなくなる。そして、母が親であるがゆえの心の闇が子どもの中に生まれるのだ。つまり、「親ゆえの闇」とは、介護する際に、親であるがゆえに理性を失いがちな子どもの心を表した言葉とでもいおうか。私の場合、親ゆえに心に生じる矛盾や不満、悩み、不安、甘えが、「親ゆえの闇」の中から生まれては消えていった。私はその闇の中に迷い込んでしまったのだ。

母は人形を抱いて、わけのわからないことを言いながら私の後を子どものように付いてきた。指をくわえ、よだれを喉に詰まらせて息ができなくなった。目を離すと徘徊をして、すぐにいなくなった。自分のオムツに出した大便を触りたがった。こちらが忙しくてほったらかしていると、大便を壁に塗り込んだ。

自分は精神的に強い人間だと思っていた。それでも苛々する日々が続く。

入院代とオムツ代がかさんでくる。いつまでお金がもつだろうかと心配になる。介護という山は自分だけの力で乗り越えなければならないと思って、本を読んだ。成功した例がいっぱい書いてあった。本のように母に優しくできない自分が情けなかった。介護のビデオを見ては、うまくできない自分を責めた。母の体調が悪くなれば、このまま死ぬんだろうかと心配になった。たびたび肺炎になり、何度も尿路感染で高熱が出た。舌根《ぜっこん》が落ちてなかなか息ができなくなった。

苛立ちと憤りと母の死への恐怖で心がヘトヘトになっていた。私は闇の入り口に立っていた。長生きしてくれと祈った息子が、母を殺してしまおうかと思った。殺せば母の病いも私のこの苦しみも跡形もなくなってしまう。母の様子を見ながら、これが最後の姿になるかもしれないと、部屋の電気を消した。

母の首に手をかけようとしたとき、母が私を見つめた。瞳がじっと見据えていた。その瞳を見て幼い頃を思い出した。田舎町で雑貨や衣料品を扱う呉服屋を営んでいた父母。私が保育園から帰ると、母は私を迎え入れてくれた。母に抱きしめられて、私はその手を握りながら1日にあった出来事をすべて話した。そんなふうに抱きしめられるのが大好きだった。幼い私のそれはまとまりのないこんがらがった話に違いなかった。長いときには1時間近くしゃべった。まとまりがなくこんがらがっている私の話を、母はいつもうなずきながら聞いてくれた。その柔らかい笑顔に私は許され、愛され、無条件に受け入れられていた。

そのときの母の瞳を思い出した。自分のこれまでの態度を恥じた。幼い頃もらった母の愛がまだ私の中にあるのなら、その愛を少しずつ返しながら生き直してみようと思った。人は一朝一夕には変わりはしない。それからも私は認知症の母を見て苛つき、自分を責めることもあった。しかし、何かの拍子に見えなくなっていた母と私とのつながりをもう一度見つめ直して、そのつながりの間に流れている思いを掬《すく》い、取り戻したいと願うようになったのだ。それを取り戻したいという願いこそが、人と人との本来の姿ではないか。闇とは先の見通しがつかない絶望的な状態のたとえであるが、この「親ゆえの闇」がなかったら、この光は決して見ることができなかったかもしれない。

11

胃ろうと人工呼吸器

胃ろうと人工呼吸器

舌根沈下

認知症という病気が進むにつれ、母にはいろいろな症状が現れ始めた。特に肺炎と尿路感染に伴って高熱が出た。熱が上がり、意識が朦朧《もうろう》としてくると、あごがストンと落ち、口がぽかんと開いたままになる。すると、舌が喉《のど》に落ちて息が止まる。そして、浅い息をくっくっと繰り返した後、もがいて大声をあげる。母のそんな様子を見ているだけで、私も苦しくなってくる。どうにかしてあげたいと、あごを上げると、鼻の穴から母の中にこの世の空気がスッと入る。しかし、私が手を放すと、またあごがストンと落ちて、舌が喉に蓋《ふた》をし、もがき、大きな声をあげ、また息が止まる。ずっとこの繰り返しだった。母の真っ赤な舌があの世への扉に見えた。

私は、左手で母のあごを上げたまま右手でパンをかじり、右手で雑誌をめくり、右手で詩のメモをとった。ときには左手であごを上げたまま、目を閉じて居眠りをした。そして、もがき苦しむ母の大声で目を覚ました。病室におけるこの反復は、「あご上げ係」という私だけに任された立派な役目のように思えた。

舌が喉に落ちて息ができなくなるのを「舌根沈下《ぜっこんちんか》」というのだと、夜勤の看護師さんが教えてくれた。「ゼッコンチンカ」という言葉は、母のもがき苦しむ姿や私の必死な時間からすると、とてもへんてこな響きだ。ゼッコンチンカ、ゼッコンチンカ、と口にしていると何か気が楽になった。私が繰り返しそう言うのを聞いて、母は自分を苦しめているものだとも知らないで、カッカッカッと笑っているようだった。

面会の時間が過ぎて病室を出た。暗い階段を下りながら、小学生のときの夏休みに、花壇の水かけ係をさぼって花を枯らして、先生に大目玉を食らったことを思い出した。もがく母の大きな声が静かな病棟にこだましていた。明日、生きた母に会えるのだろうか。このまま帰っていいのだろうか。ゼッコンチンカ、ゼッコンチンカ……。自分の不安をかき消すように何度も唱えながら病院を後にした。

それから8年が経った。その後も高熱を出すと、舌根沈下は続いた。その日は高熱もなく、症状は落ち着いていたが、舌根沈下の頻度があまりに多かった。苦しそうにしていたかと思うと、今度は息をするのを1分近くもやめてしまう。そして、ふっと気がついたように激しい息をするや、脈拍が上がって苦しそうな様子になった。これを繰り返して、血圧も急に下がった。医師の指示で脳のMRI検査を行った。母の脳を立体的に見るらしい。私は長い廊下の長い椅子に座って、白い壁にぐったりと寄りかかって検査が終わるのを待った。母がアルツハイマー型認知症と診断されて20年。「ずいぶんお母さんもがんばったなあ、もう休ませてあげたいなあ」と不意に思って、すぐに打ち消した。

人工呼吸器

医師が脳の画像を見せてくれた。アルツハイマーとは脳が縮んでいく病気だと聞いていたので、母の頭蓋《ずがい》の中の脳は小さくなっているものと思っていたが、さほどではなかった。ただ、脳にはぽっかりと大きな空洞ができていた。ヒダや海馬《かいば》という部分も痩《や》せ細っていた。頭蓋骨との間にも隙間があって、脳はぺらぺらだった。「先生、こんな状態で母は大丈夫ですか」と尋ねたら、「いや、大丈夫ではないです。こんな状態の脳を見るのは初めてです」と医師は答えた。「こんな脳の状態で生きているのは珍しく、感情を表すのは奇跡的です」とも言った。

病室に戻ると、相変わらず舌根は落ちていた。それまで「きついけどがんばれ！　がんばれ！」と言い続けてきたが、母の脳の状態を見たら、もう何も言えなくなった。「お母さん、死んだらいかんよ。お母さん、行くなよ。どこにも行くなよ」と、母の手をしっかりと握ったが、もうすぐ死んだ父のところへ行ってしまうのだろうと思った。母はぺらぺらな脳でこの世で私の相手をし、脳の中の大きな空洞で死んだ父と遊んでいるにちがいない。また舌根が落ちた。息ができず、うつろな目をしてもがいた。私は手を握りながら、「もうよかよ。もうよかよ。今までようがんばったよ。お母さんはようがんばったよ」と、自分を励ますように、自分を説得するように何度も言った。

ふと振り返ると、医師が病室に来ていて、もう一つ聞いておくことがあると言って、私を廊下に連れ出した。「お母さんのあの脳の状態ならばいきなり息が止まる可能性があります。あと1年後とか1か月後とかいう話ではなくて、1時間後に息が止まる可能性もあります。だから聞いておきたいことがあります」と。人工呼吸器のことだった。私はよく長崎を離れて全国いろいろなところへ講演に行く。そのため、私が不在で母の息が切れた場合、人工呼吸器を付けていいか確認したいとのことだった。

人工呼吸器は一度付けてしまうと簡単に外すことができず、勝手に外すと殺人になってしまうとのこと。私は即座に答えた。「先生、もういいです。人工呼吸器は付けないでください。母はこの20数年、この病気を抱えて必死に生きてきました。その1日1日を私は知っているので、もうゆっくり休ませたいと思います。先生、人工呼吸器は付けないでください。息が止まったらそのままにしておいてください」。医師は、「わかりました。じゃあ、そのままにしておきますよ。それでいいですね」と念を押した。そして立ち去ろうとした。それを見て私は、自分のこの一言で母を殺してしまっていいのだろうかと不安になった。

このことはとても難しい問題だ。言葉のない母の意思を確かめることはできないし、もし言葉があったとしても、認知症の母に正常な判断ができるだろうかと思う。だから、側にいる私が母の生殺与奪《せいさいよだつ》の権を握っているようなものなのだ。若いうちに母に聞いておけばよかったと後悔したが、今ではもう後の祭りである。

とにかく母を殺すわけにはいかないという思いが強くなり、廊下の遠くに消え去ろうとする医師を引き留めて、「先生、やっぱり付けてください」と言った。「そんなふうに人工呼吸器を帽子とか手袋みたいに言わないでください」。医師は苦笑しながら近寄ってきた。「迷っていいんですよ。誰でも迷うんですよ。自分の連れ合いや親や子どもだったら。何千人も診てきたこの私でも迷います。迷っていいんですよ」。医師の言葉を聞いて、私は安心した。

それまで医師や看護師などから判断を迫られたら、医療を知らない素人の私は、迷うことなくどちらかをきちんと決めなければいけないと思っていた。一度決めたら変えてはいけないとまで思い詰めていた。ところが、迷っていいと言われてホッとした。人間とは迷い続ける存在である。迷いながら一つひとつ前に進んでいくものである。私は「先生、やっぱり付けないでください」とお願いした。医師は、「さっきからまだ十分しか経っていないのでよく考えてください」と言って、自分の携帯の電話番号を書いた紙をくれた。「夜中でもいいですので、迷ったらいつでもここに電話してきてください」と残して、その医師は立ち去った。誰でも迷うのだ。迷い悩んでいるのは私だけではない。肩の力が抜けた瞬間であった。

胃ろう

環境が変わると、認知症は進行する場合が多いといわれる。案の定、私の住む長崎に連れてくると、片言でしゃべっていた母は言葉をなくし、歩かなくなって車椅子の生活になり、食べ物を嚥下《えんげ》できなくなった。みるみる痩せていき、頬《ほお》はこけ、二の腕は骨に皮がぶら下がっているような状態になった。

担当の医師から胃ろうの説明があった。その当時は胃ろうのガイドラインなどまったくなかった。「胃ろうをしなかったら母は死ぬんでしょうか?」と私は聞いた。「お母さんは食べ物を飲み込めないので、点滴だけではあと

1週間か、長くて1か月です」と医師は答えた。「そういうことならば胃ろうをしてください」。まったく迷いはなかった。母を死なせるわけにはいかないと思った。「日本はこんなに医療技術が発達しているので寿命が長いんです。北欧では胃ろうをしない人が少なくありません。人間が食べ物を飲み込むことができないということは死ぬということです。お母さんももう死に向かっていらっしゃるということなんです。胃ろうはしますか?」。医師は私を説得するように尋ねた。私は「胃ろうをしなかったら母は死ぬんでしょう? 胃ろうをお願いします」と迷いなく答えた。「お母さんはこのような処置について、若い頃か健康な頃に何か言ってらっしゃいませんでしたか?」と医師はまた尋ねた。小学生の頃、母と二人でテレビドラマを見ていた。母は、事故でたくさんの管につながれ病院のベッドの上に寝ている若い女優を見て、「あんなふうになってまで生きとうなか」と言った。そのことを思い出したが、医師に話すことなく、胃ろうを強くお願いした。その次の日、造設手術が決まった。

私は眠れず、真夜中の海へ行った。明日、母に無断で胃に穴を開け、そこから直接食事を入れることになる。明日から自分の意思とは関係なく母は生かされていく。噛むこともなく、飲み込むこともなく、味わうこともないのになぜ生きるのか。そんな疑問も母にはわくはずもない。死んでいるのか生きているのか。明か暗か。不安なのか安心なのか。希望なのか絶望なのか。喜んでいるのか悲しんでいるのか。ゼロなのか無限なのか。愛なのか悪なのか。黒なのか透明なのか。真夜中の海は言いようのない臭いがした。

機械によって長生きするのではなく、ＱＯＬ（クオリティ・オブ・ライフ）を大事にして自然な状態で死を迎える。自分だったらそれを望む。しかし、母のこととなると簡単にはいかなかった。いつまでも生きていてくれと願った。亡き父に母のことを頼まれたのだから、死なせるわけにはいかないという思いもあった。「お父さんはあんなに一生懸命介護していたのに、息子はそれを放棄してお母さんを死なせた」。そう思われやしないかと気にもなった。一方で、母はこの朦朧とした意識の中で生きるより、亡くなった父に会いたいのではないかとも思った。認知症である母に、リビングウイル（自分らしい最期を望む意思表示）を確認しようにも確認できるはずがない。さまざまな思いが頭の中をぐるぐると回り続け、施術の朝まで悩み、胃ろうの選択をした自分を責めた。

母の胃に穴が開いた。胃ろうによって母は「生かされている」存在となった。手術が終わると、母がしっかりと私の手を握って離さない。「お母さん、手術ご苦労さん。今日から元気になって元に戻るぞ」と、母に顔を寄せながら声をかけた。すると、「何言ってるんだ」とでも言うかのように、母がゴポッとゲップをした。口から漂う独特の臭い。真夜中の海の臭いがした。

母のリビングウイルは、幼少のときにあのテレビを見て吐露した言葉ではなかったか。その意味で、母にとっての尊厳ある死は、この胃ろう造設のときだったのかもしれない。病院のベッドに横になり、声をかけると、私を見つめて声をあげる母がいた。そんな母の髪をとかし、足をさすりながら、「お母さんのリビングウイルも変わることがあるかもしれんね」と、自分に言い聞かせるように言った。

今でも、母は私に生かされてきたのではないかと落ち込むときがある。でも、私にはあのとき、母を死なせることはできなかった。自然死こそ尊厳死である。重々わかっていたけれど、死なせることはできなかったのだ。医師の「迷っていいんですよ。誰でも迷うんですよ」という言葉を聞いてから、迷い悩み続ける自分を受け入れたような気がする。母のことをどうでもいいと思っていたならば、迷いも悩みもしなかっただろう。私が悩み続けた日々は、優柔不断な無駄な時間ではなく、母を思う大切な時間だった。迷ったことが、母のことを深く思っていた証であるかのように思える。

新幹線の中で

悩み迷い続けた私が最後の最後に迷ったのは、母が亡くなる1週間前のことだった。胃ろうによる栄養が入らなくなったのだ。医師から高カロリー輸液という点滴を中心静脈から入れるかどうか尋ねられた。「母はもうくたびれています。もうゆっくりさせたいので入れないでください」と、私は伝えて帰った。ところが、無理な延命というわけでもないし、中心静脈栄養でもいいのではないかと妻が言い、兄も医者をしている兄の娘もそれに1票を投じた。自分の一存で母を殺していいのかと思っていた私は安心した。

ただし、この方法によって元気になっても、1～2か月後肺炎になって、また状態が悪くなるのは目に見えている。母を生かし続けるのに罪のようなものを感じた。携帯電話を持ち歩かない私が、便所に入るときも風呂に入るときも手放さず、また、夜中に何度も着信を確かめた。母の死にびくびくする日々がまだ続きそうだった。「私はくたびれています。もうゆっくりしたいので入れないでください」と私は言いたかったのかもしれない。

結局、高カロリー輸液をつなぐかつながないか判断する前に母は亡くなった。人工呼吸器は付けないようにお願いしていた。母が亡くなったのは、長崎から講演先の山口へ向かっている新幹線の中でのことだった。私は、新幹線の中でずっと泣いていた。別れの悲しさだけではなかった。認知症になって20数年、母も私も必死にがんばって、多くの人の手を借りながら二人で大きな仕事をやり遂げた思いがあった。

講演を終えて帰ってくると、母はゆったりと横たわっていた。どこか笑顔を湛《たた》えているようにも見えた。病床で辛そうな姿ばかり見てきたせいか、その顔を見て安堵した。生前は、私がどのように決断をして母がどんな死を迎えたにしても後悔するに違いないと思っていた。しかし、これまでの判断の善し悪しに対しても、母が死んだという結果に対しても、後悔は向けられなかった。最期ぐらいは看取りたかったとは思ったが、不思議にまったく後悔はなかったのだ。「お母さんは持っている命をすべて使い切って亡くなっていった」と、最期に立ち会ってくれた妻が言った。母が自分の命と人生を生ききったと思えた。母の命と人生に寄り添い、悩み迷い続けた私も、自分の人生を生ききった。迷い悩むことは生きることそのものだと思い至ったのだ。

12

ゆっくりな死

父と母の死へ向かう傾斜はそれぞれで大きく違っていた。父は家族に囲まれることもなく、心臓発作で〝ポックリ〟と一人死んだ。手はかからなかったが、深い悲しみと後悔が残った。母は認知症になってから24年間私に付き添われ、〝ユックリ〟と死んでいった。

少しずつ手放していく命

母の脳の画像を見ながら、「あと2〜3年ですね」と医師から告げられた。それからは、今晩母は死ぬんではないかと不安で寝床に入り、朝は生きていたと安堵して目が覚め、仕事の合間には緊急の連絡が入っていないか必ず携帯電話を確認し、夕方母の顔を見て安心するという毎日が続いた。

それから10数年が過ぎ、心房細動という病名と一緒にもう長くないことを知った。その1か月後には、肺炎を繰り返し、医師から血中の二酸化炭素量が増えて呼吸が急に止まるかもしれないと伝えられた。母のオムツを買いに行ったが、購入する量はいつもの半分にした。母が亡くなったときに無駄になると思ったからだ。そして、そんな自分のことが嫌になった。母には申し訳ないが、その足で葬儀屋に行き、葬式の相談をした。

その日から母の死を深く意識するようになった。病院で側にいる時間がとても長くなった。死に目に会いたいと思ったからだ。この20数年、一緒にがんばってきたのだから、この世を去る最期の瞬間、母の眼に映るのはこの私でいたい。そして、あの世で眼を開けたとき、父が待っていてくれればいいと思った。ところが、数日後、母の体調がもち直し、点滴が外れるまでになった。そうなればそうなったで、この夏を乗り越えさせてください、お願いしますと、死んだ父に頼んだ。やがて夏を乗り越え、秋になると、この冬を乗り越えさせてくださいと言い、それを乗り越えると、平均寿命までなんとかしてくださいと祈った。

そんな母を見るにつけ、拡散していく死もあるのだと思うようになった。タンポポの綿毛のように、風に吹かれ少しずつ離れてこの世界に広がっていき、いつかなくなっていく死もあるのではないか。死というと、「あるかないか」と二元論的に、あるいはデジタル的にとらえがちだが、20数年という時間をかけてゆっくりと向かう死もある。命をほどきながら生きていく。いや、母は命を少しずつ手放しながら生きているように思えた。

そういえば、認知症になってしばらくして、母が車の窓からゴミを捨てたことがあった。ティッシュが花びらのように遠ざかっていった。セロファンが春の光にキラキラと光っていた。後続の車の人から怒鳴られた。事情を話して頭を下げたが、母が笑っているものだから、怒鳴り声はさらに大きくなった。笑い声はいつもよりまして高らかだった。

母は、ゴミを捨てるように仕事を捨て、母という役割を脱いだ。それから言葉を捨て、女を捨て、妻であることを捨て、見栄を捨て去り、過去を捨てた。父を捨て、私を捨てた。歩くことをやめ、食べることをやめ、タンポポが風に綿毛を手放すように、すべてを手放しながら命そのものになっていくように見えた。その変化に20数年寄り添っていたら、私には母の命がこの世界に少しずつ広がっているようにさえ見えてきた。綿毛のように広がっていくその命をしっかりと受け取って、私の中で芽吹かせ、育んでいかなければならないと感じるようになった。つまり、私が母の死をどのように受け取って、どう生きていくかということを考えるようになったのだ。

確かに死は手をこまねいて見るよりほかないし、死のことばかり考えて生きることは詮《せん》ないことかもしれない。それでも、私は母の死と向き合うことで、自分自身の生が色濃く見え始め、人生を真剣に生きようと思えるようになったのだ。認知症の母だけでなく、健康な私もまた死にゆく存在だということに気がついたのである。ゆっくりと氷のように溶けていく命がある。内在している死とともに生きるということを、ゆっくり死んだ母は教えてくれた。

天衣無縫の母

認知症の治療薬を必死に入手しようとした父には申し訳ないが、母にとっては薬が手に入らなくてよかったようにも思う。認知症になって病気が進むにつれて、気配りのできる母が周りにちっとも気をつかわなくなった。見栄っ張りな母が格好を気にしなくなった。人目をはばからず食べたいものは何でも食べた。歩きたいときはずっと歩き続け、キューピー人形を息子のように抱いた。本当の自分を押し殺していた母が、天衣無縫《てんいむほう》な母になった。

こんな楽しそうな母を見るのは初めてだった。脳の中に少しずつ空洞を広げながら若い頃の自分に返り、その空洞で子育てをし、愛する人と歩いた海辺の波音を聞き、亡くなった父に出会っていたに違いない。私には見えない楽しいところへ出かけて行って、残った脳の薄っぺらなところで息子の私に付き合ってくれていた。認知症になって、この世界がわからなくなる恐怖や不安、父の介護の苦労を思うと一概にそうとも言い切れないが、母にとってはよかったようにも思う。今まで気をつかって生きてきたのだから、これからは気にせず生きていけという、神様からの粋な計らいだったのかもしれないと思うのである。

母はできることが少なくなっていき、この世界のことがわからなくなって、持っていたものを手放し、失いながらも何か大切なものを手に入れていたように思う。そんなゆっくりとした命の流れがあり、母は母のやり方で死に向かっていたように思える。それでも私はといえば、母が熱を出して入院すると、今度こそ死ぬのではないかと心が沈んで、不安で泣きそうになった。何度入院を繰り返しても、死ぬのではないかと不安でしょうがなかった。症状が悪くなれば、病気が進まないようにと薬を探した。食事ができなくなれば母に無断で胃ろうを作り、その穴から食事を入れた。死ぬその日を遠ざけることばかり考えていた。死なせるわけにはいかないと必死になっていたのだ。

命を全うさせる

いい目の出ない双六《すごろく》の終わりのように、母は生と死の間を行ったり来たりした。病人にも双六のマス目のように順番があって、軽い病状の人はナースステーションから一番遠い病室にいた。病状が重くなるごとにナースステーションに近づいていく。もっとも重篤《じゅうとく》な人は処置室という部屋に入る。母は処置室の一つ前の部屋にいた。

母に会いに行くと、昨日まで横のベッドに寝ていたおばあさんが処置室に入っていた。「お母さん、お母さん」と何度も叫ぶ女性の声が聞こえた。ある声は「おばあちゃん」と言い、ある者は「おふくろ」と言い、ある声は「姉さん」と言って別れを惜しんでいた。その声を聞きながら、母もこんなふうに多くの人に囲まれて幸せな最期を迎えるのではないかと想像した。母と私には母と私にしかない別れがある。大切なのは、双六がいつ上がりになるかでも、どんな上がりになるかでもなく、いつ来るかわからない上がりに向かって、出た目をそのまま受け入れながら精一杯生きることだ。

その日、医師から呼び出しがあり、病状を告げられた。アルツハイマー型認知症のターミナル期(終末期)だという。話を聞いた後、父が生前、毎日歌ってあげていた「旅愁《りょしゅう》」という歌を母の手を取りながら歌った。父が死んで10数年が経っていた。母も父もお互いに会いたいだろうなあとも思った。歌を歌っていると、また呼吸が止まった。「お母さん、息ぐらいせんと、生きとるとはいえんぞ!」と言って身体を揺さぶると、母は驚いたようにスーッと大きく息を吸った。と、また舌根《ぜっこん》が落ちて息が止まった。母は必死に息をしようともがき苦しんだ。すると、一気に口から空気が肺へ入っていく。大きな命の流れが身体に流れ込んでいくのを感じた。

「お母様は最終的には息をしなくなって、老衰ということになります」と も医師は言っていた。老衰と聞いて、私はなんだかとても気が楽になった。天寿を全うするかのように思えた。母の命を全《まっと》うさせてやることができるかもしれない。私がこの世に生まれて立って歩こうとしたとき、母は私の手を取って少しずつ歩かせてくれた。それと同じように、私も母の手を取り、その魂を父のいるあの世へ少しずつ歩かせて、父へ手渡してあげたいと思った。私が初めて歩けたとき、二人は手をたたいて喜んだという。子どもを励ますように私も母の魂の手を引き、少しずつ母の命を全うさせる。それを泣きながらでも寿《ことほ》ぐことができるかもしれないと、死を前に思った。

母の最期

明け方、危篤の報《しらせ》を受け、かけつけると、母は舌根が落ち、呼吸困難に陥っていた。前日まで私は講演で東北を回っていて、その日も山口へ向かわなければならなかった。肺に多量の痰がたまり、息も長時間止まることがあり、血中酸素量が上がらない状態だと聞いた。「お母さん、最期までしっかりがんばらんといかんよ」と、何度も耳元で言った。「抗生剤が効けばいいのですが」と医師は言った。抗生剤は延命になるのだろうか。もう投薬は止めてもらおうか。母の苦しそうな片息を聞きながら、自分が死ぬわけでもないのに何でこんなに辛いのだろうか。もう死なせてあげたいと思った。いや、いつまでも生きていてほしいと願う。母の生を見守っていたいと思いながらも、生に目を背けたい気持ちになった。

母が認知症になって24年が経った。長いこと母に付き合って私もすっかりくたびれ果てていた。「母は死んだほうが楽じゃないでしょうか」と聞くと、「どちらも同じです。死ぬときは誰もが苦しむんです。泣き叫んで生まれてくるのと同じです」と医師は言った。難産で私は驚くほど大きな泣き声で生まれてきたと、母から聞いたことがある。産みの苦しみは男である自分にはわかるはずもないが、この大きな宇宙の子宮の中から今度は私が母をあの世へ返す。こちらも難産らしく、母は驚くほど大きな泣き声をあげた。

朝の7時頃、山口へ行く時間が迫っていた。母の死に目に会いたいと思っていた。できれば私が病室を出る前に死んでくれと思っていたら、母の息が止まった。「お母さん、今までありがとう」と手を握ると、「キヨ子さん、がんばって！　がんばって！」と看護師さんたちが母を励ました。すると、母が大きく息を吸って命を吹き返した。安堵はしたものの、病室を出なければならない時間だった。看護師さんにその旨を伝えると、「こんな状態でも行くんですか」と言われた。多くの方が私の講演を聞きに待っているのを考えると行かないわけにはいかなかった。「お母さん、今日は帰ってくるけん、帰ってくるまでがんばってよ」と耳元でささやきながら手を強く握りしめた。私は後ろ髪を引かれる思いで病院を後にした。

その3時間後のことだった。母が亡くなったことを山口へ向かう新幹線の中で知った。ドラマのように言葉のない母が突然話しかけてくるとか、母が私をじっと見つめて涙をこぼすとか、夢に現れるといったこともまったくなく、結局私は母の死に目には会えなかった。講演を終えて母のもとに駆けつけると、妻と友人夫婦が母に付き添ってくれていた。どれだけ母の手を握ろうとも私の温みは伝わらなかった。まなざしも母に届かなかった。それでも、私は母を支え、母は私を育て、父との約束を果たせたような気がした。また、天寿を全うさせ、あの世の父へ母を手渡せたような感じがした。何よりもう母は苦しまなくていいと思った。

84年生きて母が残したものは、亡骸《なきがら》一体とパジャマ3着、余った紙オムツ、歯ブラシとコップなど袋二つ分だけだった。もちろん何の遺言も感謝の言葉もなかった。老いて死へ向かう母の姿も、死へ抗《あらが》い、必死に生きようとする母の姿も、そこに寄り添った自分の姿もすべてつぶさに見つめて、私は母を自分に刻んできた。死とはなくなってしまうことではなく、一つになることだと思う。亡骸は母のものだが、死は残された私のものなのである。母を刻んだ私がこれからどう生きていくかが問われるのだ。それが命を自分につないでいくということではないだろうか。

母が亡くなって行かなくなった場所がある。通らなくなった道や会わなくなった人たちがいる。亡くなって歌わなくなった歌もある。そして、母がいなくなって毎日上るようになった坂もあって、上って見下ろすと、私の住むところも母の入院していた病院もすっかり俯瞰《ふかん》できる。母が認知症になってから、あの小さな箱と箱の間を何度行ったり来たりしたことか。あんなにも小さな箱の中で苛立《いらだ》ち、落ち込み、泣いて、ときにはホッとして、母の命とずっと向き合ってきた。「鳥のように高いところから見っと、見えんもんもしっかりと見えるとよ」と、小学生の私に「俯瞰」という言葉を教えてくれたのも母だった。命は消えようとするとき、その存在が露わになる。そして、周りの者の生をも色濃く映し出す。母はゆっくりと死へ向かい、消えよう消えようとしながら、私の生を色濃く映し出し、しっかりと見せてくれたように思うのだ。

13

支える側が支えられるとき

支える側が支えられるとき

3年ほど入所していた熊本の特養から、母を私の住む長崎へ連れて来る日だった。車に乗り込む母は、ストレッチャーに寝かされたまま、大声をあげて泣いていた。「お母さん、あんなに行きたがっていた長崎に行くよ」と言っても泣きやまない。その車は、父を火葬場に運んだ細長い霊柩車とまったく同じ型のものだった。大勢の見送りの人は涙ぐんで、母との別れを惜しんだ。これも父の葬儀のときと同じだった。父は棺桶の中で黙って寝ていたが、母はストレッチャーの上で泣きわめき続けていた。

見送ってくれる方々を前に、昨夜時間をかけて考えたお礼の言葉を母の代わりに挨拶のように蕩々《とうとう》と述べた。助手席に座った私が抱いていたのは、父の遺影ではなく、母がいただいた花束だった。運転手がクラクションを鳴らした。父を火葬場へ送ったとき、この世から父を断ち切るために鳴らした音とまったく同じ響きだった。

母が嫁ぎ、兄を産み、姉を産み、私を産み、姉を亡くし、涙に暮れたこの街。小さな店を父と二人で切り盛りし、二人の息子を育てあげたこの街。笑い、悔し涙を流し、必死に耐えてきたこの街。母が入れ墨のように自分を刻みこみ、最後にはその名さえすっかり忘れ去ってしまった場所。そこから母を断ち切って、別世界へ行く練習でもするかのように霊柩車に似た車に乗り込んだ。

施設を後にするとき、職員の方が一人ひとり母に言葉をかけてくれた。言葉などわからない母の手を握り、別れを惜しんでくれた。いただいた寄せ書きの色紙には、「キヨ子さん、これまでありがとう」「キヨ子さん、優しくしてくれてありがとう」「キヨ子さんがいたからがんばれました」などの言葉が綴られていた。言葉もなく、意思表示もなく、意味のある動きもない母が、多くの人たちと心を通わせながら生きていたと思うと、とても感慨深かった。私もこの施設に通い、職員の人たちといろいろな話をして心を通わせてきたので、私あっての母と職員の関係だと思っていた。でも、私が知らないところで母は多くの人たちと関係を作り、それを育んでいたのだった。私もまた母がいたからこそ、これらの方たちに出会い、詩を通してたくさんの人に出会い、講演で各地を回り、多くの方の心に触れた。その意味で、人とのつながりの中で私は生かされていたのだと思った。すべて母が出会わせてくれた人たち。母に生かされてきた自分自身にやっと気づいたのだった。

それまでは、才能や能力さえあれば、人とのつながりなどなくても自力で生きていけると思い上がっていた。けれども、遠距離介護や施設の人たちによる献身的な介護、そして私への励ましなどがなかったら、この介護の日々を乗り越えることはできなかっただろう。自らの非力さを自覚し、人と関わりの糸を紡ぐことでしか生きていけないと痛感した。糸を紡いで紐《ひも》になり、紐を紡いで綱になる。そして、その綱を紡いだら絆になる。これは決して比喩ではなく、もともと絆は馬や犬などの動物をつなぎ止める綱のことで、そこから人と人とのつながりを表す言葉に転化した。だから絆は「深い」ではなく、「強い」と言うのが正しいそうだ。この施設に通い、施設の人たちとともに強い絆を紡ぎあげたような3年間だったように思う。

介護の中の幸せ

母を長崎に連れて帰って幾日してからだった。テレビを見ていたら時代劇をやっていた。江戸時代のとある長屋に住む男が病気になった。男は苦しみ、のたうち回った。長屋中が大騒ぎになった。ある者は戸板で男を運び、ある者は医者のもとへ走り、ある者は男の手を握り、励ました。人の助けが必要だった。現在ならば電話1本で救急車が来て、誰にも迷惑をかけず病院へ行ける。現代は便利さゆえに人と人とのつながりが必要なくなったのだ。言いかえれば、人間同士のつながりが見えにくくなっているのだと思う。

父が死んで母を任されて、それからずっと介護は仕事においても人生においても手枷足枷《てかせあしかせ》のようなものだと思い込んでいた。しかし、介護を通して人とのつながりを実感した者の一人として言わせてもらいたい。老いや介護、認知症の問題は、社会のつながりを崩壊させるものでは決してない。人間関係が希薄になったからこそ、認知症の親の介護は、隠れて見えなくなった人と人とのつながりを取り戻すよい機会や場になるのではないか。これはこの時代からの問いかけなのだ。どんなに便利な社会になっても、自分一人では乗り越えられないことがあり、紡がずにはいられない弱い自分に気づくことこそが、コミュニティー再生の鍵だとも思う。

パソコンのハードディスクを「幸せ」という言葉で検索したら、私が書いた多くの「幸せの詩」が見つかった。こんなにあったかと驚くほどの数だ。私が幸せでなかった証のようなものだ。幸せというものが何なのかわからなかったのだ。詩の中に幸せを追い求めていた。日付を見ると、母の介護を始めてから書いたものが大半だった。私は介護という生活の中にどんな幸せを見つければいいか、自問自答を繰り返していた。思いどおりにならない人生にもがき苦しみながらも、そこに一筋の希望の光を見つけたかった。

そんなある日、友人に「お前の人生は不幸せだなあ」と言われた。そう言われても、ぴんと来なかった。確かに母が認知症になり、介護を引き受け、離婚をし、再婚した妻を乳癌で亡くした。めまぐるしくいろいろな出来事が私の周りで起こった。辛く悲しい思いもたくさんした。でも、それは不幸ではなく、私の人生そのものなのだ。その友人は、不幸せを出来事や人生の状況だと思っているに違いなかった。しかし私は、むしろ彼のいう「不幸」な出来事一つひとつを宝にさえ思っている。このことが人生を見つめ直すいい機会になった。認知症の母との日々は思いどおりにならないことの連続だった。それでも、その一つひとつを乗り越えると、それが自信になった。

重荷を背負って歩くのは骨が折れる。しかし、精神の足腰を強くしてくれているという実感がある。自分に起こる人生を引き受け、乗り越えると、また目の前の人生が開けていく。つまり、幸せは結果ではなく、その過程にあるように思う。お金持ちになるのが幸せだと思っていたときがあった。偉くなるのが幸せと考えていたこともあった。他の人にとってはそれが幸せなのかもしれない。しかし、私にとってのそれは、どうもそこら辺ではなさそうなのだ。自分のできることで人を支えること、人の幸せを助けること、それこそが私の幸せだと母との日々を振り返って思う。でも、そんなに大げさに考えなくても、幸之助という自分の名前にそれはしっかりとある。「幸せの助け」と刻んであるではないか。

生きることは汚れること

幸せは「仕合わせ」とも書き、めぐり合わせや運命のことをもいう。母が認知症になり、それまでとはまったく違う母にめぐり会った。イメージどおりに動かない母に苛立《いらだ》つ毎日や、肺炎で死にそうな姿を見て死なないでくれと天に懇願する日々に幸せなんてないと思った。何で俺が世話をしているのだろうかという疑問がいつもわいた。息子だからか。父に頼まれたからか。人の目が気になるからか。理由なんてすべて無視して、母をほったらかすことはできたはずだ。施設や病院にお金だけ払って、知らぬふりもできる。そう思うけれどできなかった。

説明はつかないが、母の世話をせずにはいられない自分がいた。ただ、臍《ほぞ》を固めたつもりでも、慣れないオムツ替えで、ウンコが服のあちこちに付いて腹を立て、小便とよだれの臭いに閉口した。「お母さん、死んでくれ」と心まで汚れた。オムツを替えるとき、いつも吉行淳之介の言葉を思い出した。若い頃読んだ「なんのせいか」の一節だ。「生きていることは、汚れることだ、ということは生きているうちにしだいにわかってくる。（中略）汚れるのが厭《いや》ならば、生きることをやめなくてはならない」。戦争を引き合いに彼はこれを書いた。私も汚れながらでも生きてみようと思った。また、汚れてもなお保たずにはいられないものがあった。それが人を愛する心だと、母が教えてくれた。

母の世話をやってみると、仕事はともかくも詩を書く時間なんてなくなった。本当は詩だけ書いて生きていたかったが、もうしょうがないと詩人になる夢を諦めて介護を受け入れた。認知症という病気が恨めしかった。母がとても邪魔に思えた。教師をしながら週末熊本に行くだけで精一杯だった。でも、母と向かい合う日々が、何と多くのことを教えてくれたことか。母を見つめ、寄り添い、幾編の詩が生まれたことか。母が詩を書かせてくれた。母が私を通して詩を書いたと言ってもいい。母が認知症になる前の詩集はたったの1冊。数千冊売れただけだった。教師をしながらでしか詩人も作家も続けられなかった。しかし、認知症になった母のことを詩に書き、何冊も詩集を出すことができた。ありがたいことに多くの人に読んでいただき、全国各地で講演もできるようになった。母に導かれて、私は私の歩むべき道を歩いているような気がした。母の病いと介護を拒み続けていたら、詩人や作家として生きていけなかったかもしれない。

これこそが幸せというものではなかろうかと今になって思う。「幸」という漢字は人にはめられていない手枷の象形で、手枷がはめられるのを免れて幸せになった状態をも意味する。幸せに執着せず、幸せになりたいという手枷から自由になって初めて幸せに気がつくことができるんだとつくづく思う。それは追い求めるものではなく、そこにある手枷に姿を変えた幸せに気がつくことなのかもしれない。

母の残した日記

母の引っ越しのとき荷物の整理をしていると、数10冊の日記帳が見つかった。母は20数年、毎日、日記を書き続けていた。ごく普通の大学ノートで、その表紙には名前と通し番号があった。1頁に1日分の出来事が縦書きで書かれていて、表紙の裏にはそれを書き始めた日付と「思いのままに記す」という標題が付けられていた。

認知症が進むと、母は日記をなかなか書こうとしなかったが、父は「お母さんは作文が上手ね」とおだてながら一緒に並んでそれを書いた。「知っているんだけど」と前置きして簡単な字の書き方を尋ねる母に、父は優しく教えた。母がその日にしたことをすっかり忘れているときは、一緒になって朝からゆっくりと1日を振り返った。私が日記を覗《のぞ》くと、母は怒ったように書くのをやめた。やがて日記は毎日同じ文面で始まり、幾行かの出来事があって、毎日同じ文面で終わっていた。ときには、前の日の日記をそのまま写していることもあった。日が経つにつれて字のふるえがひどくなり、誤字や脱字が目立ち、意味不明の文が増えていった。

父はいつも、いい大学に入って学歴を積んで人の上に立つ人になれと言っていた。高校生だった私はそんな父に反発をした。大学や学歴なんてどうでもいいと思っていた。そういうもので説明のつくような人間にはなりたくないと思っていた。勉強なんてまったくしないどころか、教科書も買わなかった。授業をサボり、学業と関係ないことばかりをやった。学校の規則に触れ、無期停学にもなった。

その日の夜、父にとても厳しく叱咤《しった》された。私は「そんなに俺のことが嫌やったら、俺を産まなきゃよかったったい」と母をにらみつけ、父に向かって「ばかやろう！」と吐き捨てて家出をした。このときの顛末《てんまつ》が日記の中に全部書いてあった。そして、「幸之助は私に向かって『生まなきゃよかったったい』と言った。こんな悲しいことはない。でも、あの子は優しい子だから、大丈夫、大丈夫。あの子は優しい子だから大丈夫、大丈夫」と書き足してあった。他に、母に心配をかけたことやひどく言い争って母を罵ったことが綴られた文章にも、「あの子は優しい子だから大丈夫」と必ず書き添えられていた。こんな私であっても愛してくれた人がいた。それでもなお信じてくれた人がいた。母に感謝した。その後、この言葉は希望のように輝き、私を力強く導いてくれた。

そして、日記の最後である3月5日の頁には、次のように書かれていた。「主人に私は勉強を教えていただいてとてもうれしかった。主人が教えてとてもうれしかった。私がよかった。私が大正琴をゆっくりして稽古をしてうれしかった。とてもうれしかった。主人がてれびをゆっくりしてみたみたうれしかった。私もてれびをゆっくりしてみてからうれしかった」（原文ママ）。最後の日にこんなにうれしいことがいっぱいあって本当によかった。母が私を愛し、信じてくれていたように、父もまた母を愛し、母を信じていた。認知症でこの世界がどんどんわからなくなり、自分自身さえも見失ってしまいそうなとき、いつも信じて側にいてくれた父。その幸せを母はしっかりとかみしめていたに違いない。

身体の記憶

日記は、言葉を失った母の思いを雄弁に語っていた。母は自ら言葉を発せずとも、私にずっと思いを伝えてきたといえる。今でも春浅い頃に咲く白木蓮《はくもくれん》を見ると、白く分厚かった母の手を思い出す。幼い頃、その手を左手で握りながら、右手では母が切ってくれたカステラを食べた。母の手は柔らかかった。カステラのようなその柔らかさで私のすべてを受け入れてくれた。笑っても、嫌っても、怒鳴っても、泣きついても、私の心の力の分だけ、ただ母は柔らかくひっこんで側にいてくれたのを思い出す。その手のひらで凍えた幼い私の両手を包み込んで、「コウちゃんの手よ！　コウちゃんの手よ！　花開け！」と、息を吐きかけてくれた。認知症になってから母の腕は抱きしめることを忘れ、その腕から分かれた5本の指は指し示すことも握ることもしなくなったが、私はその手にどれだけ励まされたことか。その手で私の花を開いてくれた。詩人になるという夢は、母が開いてくれたのだ。そういえば、家出のためのお金も、父には内緒で母の手から受け取った。

母の身体を拭く。そこには私の幼い頃の縮図が眠っていた。歩くことを忘れた足。臆病な私はいつもその足にしがみついた。胸のホクロ。赤ん坊の私は、乳を吸うとき、いつもそれを触ったのでちぎれそうだった。そのホクロはちぎれずにしっかりと残っていた。背中は曲がって小さくなってしまっていたが、その背中は、何度夜中に病弱な私を病院へ連れて行ったことか。母のあのヘソとつながって、私はこの世界に生まれてきた。母は歩かなくなったけれど、私の歩く姿に母が生きている。母はしゃべらなくなったけれど、私の声の中に母が生きていることを感じる。母は考えることがなくなったが、私の精神の中に母が生きていると思う。母は身体の動かなくなったただの老婆かもしれない。しかし、私の中にも母が息づいているのだ。

人生の地図

たいして仲のよい親子ではなかったが、私のような親不孝な人間がこうして一人前になったのも、母や父のおかげだと思える。母が認知症にならなかったら、こんなことを考えただろうか。認知症という病気が、認知症の母が、私と母の絆の結び直しをしてくれたのではなかろうか。父もまた、母を命がけで介護したことで夫婦の絆を結び直したに違いないのだ。漠然としていた家族の姿を母がはっきりと見させてくれたのではないかと思う。

言葉をなくし、できないことがだんだん増えていく中で、母は人間としてだめになっていると思っていた。けれども、だめになっていったのではなく、生まれたときのような「存在そのもの」に返って、その返っていく姿で私を育てていたのではないか。母が歩けなくなれば車椅子を押した。食べることができなければ食べさせた。言葉がなくなれば言葉にならない母の心を考えた。人と人とは足りない部分を補い合って生きているのではないかとも考えるようになった。

一つひとつできなくなり、解かれていく母の命の穴埋めをし、母の足りないところを補いながら、私こそ自分の足りない部分を補ってもらっていた。それまでの私は、人の助けなど一切いらないと思っていた。自力と才能でやっていけると思っていた。自分の考えは決して曲げなかった。そんな私が母に教えられ、母を介して出会った人たちにさまざまなことを教えてもらった。未完成の自分の人生の地図があって、その切れ端が一つひとつの出来事に隠れていた。出会う人一人ひとりがその切れ端を持っていた。そして、その出来事と出会いの中で地図はその姿を鮮明にしていった。そんなふうに感じるようになって、人との出会いを大切するようになった。人は人と触れ合い、相手や相手の考えを受け入れてみることでしか、本当の自分と出会えないのかもしれない。

母という存在からの問い

ニーチェは言った。「哲学を持つよりも、そのつどの人生が語りかけてくるささやかな声に耳を傾けるほうがましだ。そのほうが物事や生活の本質がよく見えてくるからだ。それこそ、哲学するということに他ならない」と。必死に生きる中で人生は必ず語りかけてくる。私にとっては、母の存在こそが人生から語りかけてくる声ではなかったかと思う。

哲学者の鷲田清一さんと心理学者の小沢牧子さんと鼎談《ていだん》をしたことがあった。控え室で小沢さんが、「子育ては動物でもするけれど、年老いた親を介護するのは人間だけ。どうしてなのか今勉強している」と言われた。私論としては、子育ては本能的なものであって、介護は本能には組み込まれておらず、理性の領域なのではないかと思う。だから、介護はしないならしないで、ほったらかしでいることができる。つまり、介護の問題は自分なりに受け止めて、人生の問いにどう耳を傾けていくかということである。

鷲田清一さんはこう言われた。「歳をとるということは、一人でできることがどんどん減り、自分ではどうにもならないものが増えてくるという感覚。老いの感覚は深く人間に問いかける。老いは問題ではなく課題なのだ」と。問題だと思えばそれを避けようとする。課題と思うならばそれを受け止めて解こうとする。母の老いは私には問題だった。できれば避けたかった。しかし寄り添ううちに、母の老いは自分の心に足りないものを手に入れるための課題になっていったように思う。

母の認知症を20数年間見つめてきた。脳は縮んでいき、それに合わせるようにできることが減っていった。私は、母のできないことを一つひとつ代わってやってきた。そうしているうちに、自分のことばっかり考えてきた私のようなろくでもない人間が、母の痛みを自分のこととして感じるようになった。命とは何か、生きるとは何か、死とは何かを考えるようになった。老いた母が、言葉によってではなくその存在によって問いかけてきた。問いを投げかけ続けてきた。しかし、それらはよい問いかけばかりではなかった。大分部は、常に迷いが同時に生じるものだった。

介護を始めた初期の頃、母の下《しも》やよだれの臭いが嫌で嫌でたまらなかった。この臭いを嗅ぐたび介護から逃げたいと思った。これも人生からの問いであった。そのときは問いであるかなんて考えもしなかったが、必死に母と生きていくうちに、いつの間にかその臭いは日常に存在する匂いになり、母の命の証になった。父が生前言っていたことを思い出す。口を開けてよだれを垂らしながらよたよたと歩く母の隣で恥ずかしそうに歩く私に、「幸之助、お母さんのことが恥ずかしかか。俺にはお母さんが必死に生きる姿に見えるばい」と。亡くなる前、やっと母の匂いをかぎ分けることができるようになった。下やよだれの臭いが、母が必死に生きる匂いだと感じられるようになったのだ。

このように、問いへの答えは長くかかることも多い。迷ったり悲しんだり立ち止まって問いに答えようとしているときはとても不安で大変だが、振り返ってみると、そのときがあるからこそ自らの精神に刻まれるものがある。避けたり、逃げたり、要領よく切り抜けたり、自分の都合のいいように解釈したりするのではなく、受け止め、迷いながらも前に進んでいく。そうすれば、人生は自分自身だけのものになっていく。母の介護は寄り道だと思っていた。無駄な道だと思っていた。しかし、迷いながら前に進んでいくうちに、母の介護の道もまた、私の歩く大切な人生の道なんだと思うようになった。

私の講演会を何度も聞きに来てくださる方がいる。「いつも同じ話ですみません」と言うと、その方はこう返してくれた。「私にとっては藤川さんの話は毎回違って聞こえるんです。聞いたときによって、私の心の状態や介護している母の状況も違うし、そのときの藤川さんの心の状況もお母さんの状況も違います。だから、同じ話でも心に響く場所が違うんです」。講演は私が一方的に作り上げていると思っていたが、実は私と聞き手の一人ひとりとの間で作られていたのだ。母に対しても、私が一方的に支え、介護していると思っていたが、二人の間で介護という行為も作られていた。一方的なものではなく、お互いが作り上げているものなのである。「私の介護」ではなく「私と母の介護」なのである。

支える側が支えられる

ある日、信号待ちをしていると、横断歩道をはさんで反対側に赤ん坊を抱いた若いお母さんがいた。そのとき突然、大きなダンプが砂ぼこりを立てて通り過ぎた。前を見ると、お母さんは赤ん坊をしっかりと抱きしめ、横断歩道に背を向けていた。私はふと思った。あの赤ん坊がいるからこそ、あの女性は母親然としているのだと。胸に抱いた赤ん坊が、女性から母性や勇気、優しさという人間性を引き出している。赤ん坊を育てている母親が赤ん坊に育てられている。育てる側が育てられていると。

私もそうだ。母が認知症にならなかったら、こんなふうに母のことを思いやっただろうか。母が認知症になってそこにいたからこそ、私は母のことを思いやり、考え、その痛みを自分のこととして感じてきた。母が私の中から人を思いやる気持ちや優しさ、痛みを感じる心というものをぐいぐい引き出してくれたのだ。私から人間らしさをぐいぐい引き出しながら、私を育ててくれていたのだ。母を支えていると思っていた自分が、実は母に支えられ、育てられていたのである。

　母には言葉もなく、意味のある動きもまったくなかったが、そんな母が私を育てる。つまり、母はそこに生きて、そこに存在するだけでよかったのだ。人はそこに生きて、そこに存在するだけで大きな意味をもっていて、我々はその関係性の中で生かされているのだということを深く感じる。私は20数年、母に向かい合いながら、その状況を少しでもよい方向に変えようともがきながら必死にやってきた。しかし、変化したのはこの私自身であった。

あとがき

この本の中で私は、認知症の母の後ろに広がっている人生やそれを支えた父や私の人生、その人生の重なり合いから生まれる思いや感情を書き連ねてきました。しかしながら、私の母に限ったことではなく、どの認知症の方の後ろにも、どの高齢者の方の後ろにも、もっと言えばどの人の後ろにも、違う様相を見せながらも同じように人生は広がっていて、その人を支える人がいて、その重なり合いから生まれるいろいろな思いや感情が息づいているのです。

認知症の母との24年間は、生きづらい日々の連続でした。母との日々は私の人生にとって手枷足枷だとずっと思ってきました。しかし一方で、この生きづらさの中で、初めて私は私や私の人生の意味に気づかされました。私は明日の向こう側から本当の希望の歌を聞いたのです。母が亡くなり、このくびきから逃れられた今、この生きづらさの中にこそ、人生の喜びと味わいがあったのだと、その日々を振り返って思います。
最後は、詩人として言葉を刻んでおきたいと思います。

人生に悲しみを与えるな
悲しみに人生を与えよ！

根気強く待つことは信じることだと思います。母を見つめる父の瞳を思い出します。この本ができるまで忍耐強く待ってくれていたharunosoraの尾崎純郎さんに心より感謝しています。あなたのおかげで私の心の中に母がまいてくれた一粒の種がやっと芽を出しました。

詩人●藤川幸之助

藤川幸之助
Fujikawa Konosuke

詩人
児童文学作家
日本児童文学者協会会員
写真家

1962年、熊本県生まれ。
長崎大学教育学部大学院修士課程修了。
小学校の教師を経て、認知症の母親の介護の経験をもとに、
命や認知症を題材にした詩を作り続けている。
また、認知症への理解を深めるため全国各地で講演活動を行っている。
これまでの講演回数は400回を超える。

◆◆◆主な著書◆◆◆
『マザー』（ポプラ社、2000）
『ライスカレーと母と海』（ポプラ社、2004）
『君を失って、言葉が生まれた』（ポプラ社、2006）
『大好きだよ キヨちゃん。』（クリエイツかもがわ、2006）
『やわらかな まっすぐ』（PHP研究所、2007）
『満月の夜、母を施設に置いて』（中央法規出版、2008）
『この手の空っぽはきみのために空けてある』（PHP研究所、2009）
『まなざしかいご――認知症の母と言葉をこえて向かいあうとき』（中央法規出版、2010）
『手をつないで見上げた空は』（ポプラ社、2012）
『徘徊と笑うなかれ』（中央法規出版、2013）
『命が命を生かす瞬間』（東本願寺出版、2013）
『支える側が支えられ 生かされていく』（致知出版社、2020）
『おじいちゃんの手帳』（クリエイツかもがわ、2020）
『赤ちゃん キューちゃん』（クリエイツかもがわ、2020）
『一本の線をひくと』（クリエイツかもがわ、2020）

◆◆◆

講演等のご依頼は、下記URLよりお願いいたします。
http://www.k-fujikawa.net/kouen_entry.php

母はもう春を理解できない
認知症という旅の物語

2021年1月20日
第1刷発行

著
藤川幸之助

発行
株式会社harunosora
神奈川県川崎市多摩区宿河原6-19-26-405
TEL044-934-3281●FAX044-330-1744
kabu.harunosora@gmail.com
http://kabu-harunosora.jimdo.com

装丁・デザイン
尾崎純郎

印刷
半七写真工業印刷株式会社

ISBN978-4-9911367-2-6 C3036
定価はカバーに表示してあります。